新世代遊俠宣言

朱學恒 著

打電動玩英文

作　　者　朱學恒
發 行 人　張書銘
總 策 畫　潘恆旭
責任編輯　黃筱威
美術編輯　張薰方
校　　對　黃筱威　陳思妤　朱學恒
出　　版　**INK**印刻出版有限公司
台北縣中和市中正路800號13樓之3
電話：02-22281626
傳真：02-22281598
e-mail：ink.book@msa.hinet.net
法律顧問　漢全國際法律事務所
林春金律師
總 經 銷　成陽出版股份有限公司
訂購電話：02-26688242
訂購傳真：02-26688743
郵政劃撥　19000691　成陽出版股份有限公司
印　　刷　海王印刷事業股份有限公司
出版日期　2002年12月　初版
定　　價　199元
ISBN 986-7810-16-3

國家圖書館出版品預行編目資料

打電動玩英文 / 朱學恒著. --初版，
--臺北縣中和市：INK印刻，
2002〔民91〕面；　公分

ISBN 986-7810-16-3(平裝)
1.英國語言-學習方法

805.1　　91021316

新世代遊俠宣言 CONTENTS

第二章　新時代的衝擊

第四章　新世代遊俠發聲

附錄

第一章

新紀元的到來

聖武士的時代正要結束，遊俠的紀元即將開始……

每逢價值觀發生劇烈變動，整個世界就會動盪不安，無知者會認爲這是文明崩壞的前兆，有識者明白這是新文明誕生的陣痛，但豪傑們卻看出這是群雄並起的絕佳機會。西元一三〇〇年的義大利，沉滯、封建、死氣沉沉的黑暗時代鬱積了太多的力量，終於在此刻爆發出來，西方整體文明擺脫了過去單調的限制，開始走向百花齊放的璀璨道路。對希臘羅馬文化的思古之幽情並不足以解釋如此熱情奔放的革命，這是當人類的文明走入死胡同時，人類天性必然展現救亡圖存之舉。

十九世紀初年，英國。截至十八世紀爲止，全球有百分之九十的人類靠著農耕畜牧爲生，但在瓦特發明了蒸氣機之後，新的經濟制度和文明也隨之成形。鋼鐵成爲世界的主要架構，煤炭成了推動文明運轉的關鍵；民族主義、資本主義、自由主義和社會主義全都在這段時間蓬勃發展出來，社會更分成了資本家和勞工兩個主要的階層。若說人類近代兩百年的文明都被工業革命重新塑造過並不誇張，托爾金就是有感於工業革命對傳統價值的破壞而寫出了震古鑠今的《魔戒》一書。

十九世紀中，由於德川幕府無力面對美國的砲艦政策被迫開放門戶，簽訂「神奈川

條約」，德川幕府在多場戰爭中的失敗，更導致了全國上下的激憤。日本西南部的長州、薩摩、肥前和土佐藩高舉維新大旗，展開了轟轟烈烈的「尊王攘夷」運動。隨即，德川大將軍被迫將權力交還給明治天皇，史稱「王政復古」。在這樣激烈的變動之後，日本開始了「明治維新」，不但廢除了封建制度，更在經濟、教育和軍事上奮發圖強，以武士道精神武裝國民，在日俄、日華戰爭中多次獲勝，從而奠立了東方強權的地位。

我們，也在面對相同的時機。聖武士的年代即將終結，而遊俠的價值觀也在同時步步進逼。什麼是聖武士？什麼又是遊俠？

聖武士與遊俠的源起

聖武士（paladin）這個字起源於查理曼大帝的宮廷武士，這些人多半謹守信仰和騎士精神，忠君護主，以完成上級的命令為最高的指導原則。其中最出名的羅蘭（Roland）甚至為了不讓君主身陷危機之中，受到敵人突襲時率領極少的戰士斷後，戰到最後一兵一卒也不願對前隊發出求援的號角聲，以免領袖遭到優勢武力的突襲而戰死，這才讓查理曼大帝逃出生天。也因此，中世紀的騎士文學中經常提到這位忠君勇武的聖武士，並且還有描述他功績的《羅蘭之歌》（Song of Roland）傳世。聖武士們擁有齊一的價值觀，對他們來說，君權和宗教信仰（在中世紀時他們多半是基督教的虔誠信徒）是最堅定的力量來源，甚至有些傳說中認爲他們可以憑藉上帝賜給的力量行各種各樣的神蹟。

遊俠（ranger）這個字同樣也是出自於中世紀，但卻有著完全不同的形象；基本上，這個名詞的整體概念來自於俠盜羅賓漢。羅賓漢的傳說大約始自於西元十四世紀，他擁有許多不同的名字：Robin Wood、Robert Wood等等，Robin Hood不過是其中一種而已；有些歷史學家認爲，這個字只是當時他所用的化名，因爲如果唸快一點，「羅賓漢」聽起來就有「搶劫團」（Robbing Hood）的意思。由於羅賓漢的傳說始自於口傳歷史，因此各種各樣的記載十分雜亂，幾乎無法證明是否眞有其人。在大部分的故事中，他的事蹟發生在英國獅心王理查參加十字軍東征期間，約翰王子趁機弄權、橫征暴斂讓人民苦不堪言，羅賓漢率領著一幫綠林好漢，以他精準的箭術劫富濟貧，對抗諾丁罕郡統治者的暴政。除此之外，由於他對聖母瑪麗亞的崇敬，他也從來不會傷害女性。直到今日，在箭術比賽還有一個術語爲「羅賓漢」，代表的是「射中另一支已射中靶心的箭，並且將箭身一分爲二」，可見此傳說影響之深遠。

賦予新時代的義涵

不過，遊俠在近代的形象卻有了一些轉變，他們效忠的對象從人民轉成了大自然。遊俠們通常擁有極強的野外求生能力和箭術，能夠在自己所守護的森林中自由來去，而他們所對抗的敵人也從暴政轉化成了任何破壞森林秩序的生物。如果要用一句話來描述遊俠，應該是「捍衛自己的正義」。

聖武士和遊俠的形象，正好代表了舊世代的觀念和新世代的不同價值觀。聖武士服膺眾人認可的宗教和道德規範，正如同台灣四年級生爲了社會認同的價值觀努力往高權位、高收入的方向邁進；遊俠堅持自己的正義，正如同台灣五六年級生開始尋找屬於自己的風格和生活方式一樣，違背主流價值觀，但卻自有道理。

聖武士尊重威權，甚至願意以身相殉，正代表了那些爲了成就奮鬥死而後已的舊文化；遊俠挑戰權威，劫富濟貧，卻對社會的改革帶來了助力，e世代藉著高科技的力量遊走在國境、律法和規範的邊緣，卻對舊有的信仰造成了最大的挑戰，讓整個世界必須適應他們的看法。聖武士穿著重盔重甲，幾乎刀槍不入，反應卻很遲緩；遊俠一身輕便，高科技就像他們百發百中的弓箭一般，可以確實有效地穿透敵人盔甲間的縫隙。

聖武士擁有齊一的目標和觀念，因此每個人的成功和道路都值得參考；對遊俠來說，「你的正義不代表我的正義」，凌駕統一性而起的獨創和個人性讓遊俠一族難有可供參考的主流價值，對他們來說，「有趣」就是一切的動機和推動力，但每個人對有趣的定義卻又完全不同。聖武士一族的高集團性和向心力，讓他們可以輕易地爲同一目標而動員；遊俠一族天生的叛逆和個人風格，讓管理者必須要設計出更強烈的願景去統合眾遊俠，才能夠開發出新的合作模式。

聖武士和公司之間的關係是亦君亦師，他們期待公司提供的是延續的保障和鐵飯碗，也預期能夠從公司中學習和進步；遊俠一族天生的叛逆性格卻讓他們成爲和公司對抗的異議分子，公司的領導階層還處在舊有的價值觀中，自然無法壓制這些新時代的革命派，反而成爲取笑和嘲弄的對象。這不只是因爲遊俠一族的特色，更是因爲經濟衰退導致各公司無法再堅守和員工之間從舊時代以來互守的信約，開始大幅資遣員工所造成的衝擊。雖然說人類很難從歷史中學得教訓，但至少現在大環境的悽慘景象，讓大多數的工作者都意識到不管在任何時刻，企業只要有必要，就會毫不留情、毫不猶豫地開除員工。對於遊俠一族來說，企業不仁，自然沒有必要再繼續堅持舊有的道德價值觀。

保守的聖武士一生汲汲營營，自然朝向購屋置產這樣的傳統方向發展，甚至還包括更爲冒險的投資理財。但對於新生的遊俠一族來說，銀行利率已趨近於零，基金的虧損在十二年內預估都無法回復，大環境的改變導致了消費生態也跟著改變，在這種不景氣的危機侵襲之下，傳統的理財觀念已經完全派不上用場，唯一能夠跟著每個遊俠跑的只剩下自己、自己和自己。因此，花錢上各種各樣的課程、大量的消費，都是面對目前市場狀況的唯一方法。所有的有價資產都可能縮水、消失，只有裝在自己腦中、穿在身上的東西不會消失掉，與其眼巴巴地看著資產泡沫化，不如享受當下，投入這個有趣的瞬間，在每樣東西最有價值的時候將其吸收消化！

對於擁有統一價值觀的聖武士一族來說，新生代的遊俠族群自然是絕難管理的。在他們眼中這群人特立獨行、不合群、難以討好、吃不了苦，只想準時下班，根本就是管理階層的惡夢。但對於新世代來說，這本來就是正常的，最大的問題是：公司給多少薪水可以買下你的靈魂？無日無夜地工作、事情做完才能走的環境絕對不是任何員工都必須接受的，公司的慣例、舊規也都已經是落伍玩意兒，沒有理由要遵守。以人爲本的新觀念，讓遊俠們認知到過勞死、犧牲個人生活是沒有意義的，最後這些奉獻只能讓公司的老闆們哈哈大笑，對自己卻毫無益處。特立獨行是理所當然的，遊俠們根本就沒有統一的中心思想，只是追求個人的理想和趣味，當然更不可能照著模子過著毫無差別、毫無創意的生活。

遊俠們絕不是吃不了苦，上網路三天三夜、連續熬夜辦活動都是可能的，關鍵只是在於這樣的磨練有沒有意義。如果這樣的付出不能夠讓自我有所提升，只是讓公司少花錢請額外的員工，那麼遊俠憑什麼要做死做活？聖武士一輩的管理階層只會用老式的標準和口頭禪要求大家「撐過去就是你的」，卻絲毫沒有考慮到價值觀的變遷和時代的變化，這樣怎麼能夠討好從小在不一樣環境成長的遊俠們？

會認爲新世代全都是草莓族的管理者們從根本上就犯了錯誤，他們用自己的角度思考：公司給你不錯的薪水、響亮的職稱，你爲什麼做不下去？其實打從一開始，這些所謂的管理者們就沒有成功地說服新世代遊俠們在這個公司任職的正當性。如果遊俠們認可這個任務的正當性，叫他餓著肚子賣老命都可以；但是，要在完全沒理由的狀況下爲公司賣命，抱歉，辦不到！

「永遠的無趣，和爲了實現畢生的熱情而願意暫時忍受較無趣然而必須要的工作，這兩者之間是迥然不同的。」

——《駭客倫理與資訊時代精神》

（The Hacker Ethics , and the Spirit of the Information Age）

滿足自我，追求趣味

不過，遊俠們的確非常難以領導，這點倒是無法否認的事實。每個遊俠所認可的價値完全不同，要讓他們朝向同一個目標努力是非常不可能的；以管理的心態來統帥一群遊俠本來就是一件困難的事，在一群遊俠眼中的敵人，可能反而是另外一群遊俠眼中的朋友。遊俠的價値觀很多元，正因爲這樣，認同同一個價値觀的遊俠們一定千奇百怪，往往擁有達成一個任務所需要的各種特殊背景和技能。所以，新時代的主管必須擅長從大組織中調兵遣將，隨時組成能夠認可目標的特遣隊，讓他們成功完成任務；當然，更重要的是製造有趣的願景，讓遊俠們能夠在有趣的環境中工作，達成他們認爲有趣的目標。

聖武士的口頭禪是「我必須」，爲了符合社會的標準，爲了迎合父母的判斷，聖武士們「必須」要照著大家認爲合理、認爲是人中之龍的道路走，所以有很多鯉魚搶破頭只爲了躍上龍門，一將功成萬骨枯，每一個成功者的背後是無數被社會所鄙視、唾棄的失敗者。聖武士的年代是工業革命大量製造的景象，每個成功者的自傳都如同一個模子開印出來的，讓你懷疑他們是否為同卵雙胞胎，或者經過複製科技處理過，因為這是在同樣的價值觀下，經過重重扼殺之後才呈現出來的樣貌。

遊俠的信念是「我想要」，在人生的道路上遊俠必須突破重重限制，找出自己想要維護、想要追求的信念。但是，一旦找出這樣的信念，遊俠就必須不顧世俗的眼光全力追求；就像雪塢森林中的羅賓漢一樣，後世的史家說他是劫富濟貧，但當時的當權派卻視之為江洋大盜。如果社會不夠寬容，你只會看到一個又一個的社會邊緣分子四處逃避主流價值的追殺，但事實上，時代的巨輪已經轉動，抗拒遊俠新世代的到來不過是螳臂擋車。滿足自我，追求趣味才是遊俠們多如繁星的目標中唯一雷同的地方；新時代每個成功的遊俠背後，都是更多無數的可能性。賣炸雞排只要賣得好吃也可月入三十萬，誰說外商公司經理社會地位一定比較高？做木匠的學歷可能只有國中畢業，但他的美術天分和成就會輸給園區工程師？

虛無的傭兵

不過，在社會強大的價值觀壓力下，卻也有不得不向社會低頭的一群人出現，這群人可以稱爲「傭兵」（free lancer）。Free lancer是在歐洲中古黑暗時代，帶著武器在戰場上追尋戰爭爲求溫飽的戰士，他們不隸屬於任何國家和信仰，沒有節操，只爲了每一次的戰爭和劫掠所得而拚鬥。

傭兵的能力並不會輸給聖武士或是遊俠，只是，他們並不像是聖武士一般終身追求一個固定的目標，也不像遊俠擁有自己的判斷和價值觀；他們拿人錢財與人消災，投入每一個工作，盡量做好每一次的任務，但卻並不眞正喜愛這樣的工作；他們的作品有匠氣，卻沒有靈氣，因爲這樣的工作和人生並不是他們實踐自我的過程，只是消極對抗社會價值觀的理由。叛逆的靈魂尙未熄滅的傭兵們會在自己的時間內發展各自的興趣，這才是他們投注眞正熱血和摯愛的地方；偶然，這些人沉睡的激情會被喚醒，重又投入遊俠的行列，但大多時候，他們只能夠渾渾噩噩地度過一關又一關，卻不知自己眞正的目標在哪裡，因爲，他們自身的天秤，已經在叛逆與秩序之間被撕扯得粉碎，不復存在。

歷史的大勢固然不可擋，但身處當世的任何人卻不能以「終究必然」作爲革命的擋箭牌。後世的人們或許會嘲笑捲入洪流之中的我們癡傻，但在這樣時代更替的過程中，無數的衝突和改革卻是推動時代運行的必須。這場遊俠與聖武士的戰爭在不同的領域、不同的空間、不同的國境中不斷地展開，誰勝誰敗，沒有人知曉，但革命的號角聲已經響起。請容我以遊俠的角度，來一個一個看看這各個不同的戰場吧！

第二章

生物多樣性

在遊俠和聖武士的新舊世代交替中，所產生的不只是心態上的改變，許多實體運作上的調整也伴隨著價值轉變而來，這些例子散布於各種各樣的環境和實例中。不過，在我們開始關於這些轉變的討論之前，必須要說明一個在遊俠世代中最重要的美德，也是與聖武士時代最大的差異：「生物多樣性」的概念。

生物多樣性（biodiversity）這個名詞是借自生物界，是在西元一九八六才提出的一個新概念，由 biological 和 diversity 兩字複合而來，原先指的是對地球上所有植物、動物、真菌及微生物物種種類的清查，但稍後其意義擴張到整個地球上的基因、物種和物種彼此之間所構成的生態系，甚至連文化也包括在其中。

生物多樣性的重要

經過數十億年的時間，地球上的生物藉著遺傳變異和天擇的過程演化出非常多的物種，這樣多元化的生物發展正是生物多樣性的根源。從演化史來研究，在自然的生態系中，如果生物的種類越多、差異越多，整個生態系的動態平衡就越穩固，因爲多樣化物種之間的差異越大、交互作用越多，就越不可能因爲少數的幾個物種滅絕、消失而產生致命的大毀滅；甚至，如果生物多樣性在理想的狀態下，連環境的巨大變遷也都可以撐過。六千五百萬年前白堊紀末期，恐龍雖然因爲無法適應環境的劇烈變動而滅絕，但整個生態圈並不會就此全然毀滅，新世代更能夠適應環境的哺乳類接著就會崛起，接下生態傳承的棒子。但饒是如此，這樣的巨大破壞仍然讓地球上的演化動力整整停滯了五百萬到一千萬年之久，人類的文明恐怕沒辦法撐過這樣重大的打擊。

保障生物多樣性是很重要的一個新的環保概念；人類對生態圈所造成的污染不只對其他生物造成傷害，更在某種程度上直接威脅到人類自己的生存。地球之肺亞瑪遜雨林以每分鐘六十四英畝的速度消失，所帶來的不只是全球溫暖化的效應，更是無數可能性的消失；亞瑪遜雨林中尚有不可計數的物種沒有列入人類的紀錄中，誰能夠確定這些物種中是否會有治療愛滋病的特效藥、或是對抗癌症的關鍵處方？根據估計，目前全球的物種中大約只有六分之一經過科學的辨識及命名，新物種被發現的速度遠遠比不上滅亡的速度。有很多目前看來毫不起眼的物種，他可能實際上具有固定太陽能、維持水文穩定的能力，隨意將這些物種毀滅，可能因而造成生態環境極大的災難。

因此，即使是基於自私的原因，人類也應該努力維持生物多樣性。爲此，在一九九四年十二月二十九日，聯合國大會四九－一一九號決議案宣佈十二月二十九日爲「國際生物多樣性日」。爲了保護全球的生物多樣性，一九九二年在巴西里約熱內盧召開的聯合國環境與發展大會上，一五三個國家簽署了《生物多樣性公約》。

遺傳的優勢與劣勢

生物多樣性在基因層面的例子中，最有名的就是鐮狀血球貧血症。這種遺傳性的疾病是由於第十一對染色體出現突變所導致的。原先應該是呈現圓盤狀的柔軟紅血球會因爲這樣的遺傳性狀而變成狹窄如同鐮刀狀，並且開始硬化，這樣的紅血球攜氧的能力相當糟糕，會讓患者的腎臟和肺臟都負荷過重，並且出現免疫系統方面的問題。這種遺傳性狀在一般的常識判斷中會被視作壞性狀，或是基因工程和優生學排除的對象。

但是，等等，生物多樣性的優勢在這邊介入了！在非洲大陸，由於環境濕熱、蚊子眾多，瘧疾一直是很嚴重的衛生問題，被瘧疾原蟲感染的人會非常痛苦，其血球、肝臟、脾臟等都會遭到瘧疾原蟲的破壞，死亡率相當高。但是，對於患有鐮狀血球貧血症的患者來說，這卻不算什麼威脅；可能是由於鐮刀狀紅血球的攜氧量過少，或者是由於瘧疾原蟲不認得這是正常的紅血球，患有這種遺傳疾病的人在瘧疾肆虐的地方反而擁有極高的生存機會，變成遺傳性狀中的優勢！

這就是生物多樣性有趣的地方，平時被視作無用，甚至是劣等的基因，卻可以在環境變遷的時候因其多樣性而獲得額外的機會。想想看，如果一個純化的部落完全沒有這種遺傳性的疾病，那麼很有可能在發生一次瘧疾大流行後便導致全族的滅種！將生物多樣性的概念擴張到個人和文化的概念中，也正好和新世代遊俠的價值觀相符，面對各種各樣的挑戰，遊俠們需要有分歧的價值觀、截然不同的態度。如此一來，在面對環境巨變時才不會如同笨重的恐龍一般統統滅絕。

聖武士血統純正？

在聖武士的年代中，最大的問題也可以用生物學上的「近親交配」一詞來描述。對生物學有基本認識的人應該都很清楚，人類之所以會在律法和道德上禁止近親亂倫，除了倫理的考量，近親相交的確會在基因上造成相當大的問題。許多遺傳的疾病都是以隱性基因的狀態留存在人類的基因庫中，當兩個同時具有某一隱性基因的人繁衍出下一代時，這兩個隱性基因就很有可能獲得展現出來的機會，因而讓無辜的孩子擁有免疫功能失調、白化、貧血等等的疾病。除此之外，長期近親交配，也會導致基因庫的選擇越來越少，在生物多樣性上越來越貧乏，可能一整個族群完全都擁有類似的性狀，面對巨變時可能根本沒有抵抗的能力。

但是，對於培育犬隻或是觀賞用寵物的業者而言，近親交配是讓他們培育出純種後代的最好方法。在近親交配的過程中，劣質基因固然容易顯現，但優質基因（人類眼中）出現的機率也比較高，不過，這當然也會產生很多後遺症。大量的犬隻擁有極爲嚴重的遺傳疾病，部分的可卡犬過於緊張、頻尿，西施犬智能低落，甚至無法加以有效訓練。

在聖武士的時代中，整個社會用統一的教條和價值觀看待每個人，也導致成功就那麼幾條固定的道路，成功永遠都只是少數人：那些靠著機運克服了近親交配的風險之下的極少數。每個人都會認爲只有讀到哈佛、史丹佛才是成功的象徵，因此就有一堆哈佛史丹佛的畢業生出現，但是，在這樣的狀況下，先占優勢就成了絕對而且無法克服的障礙；晚個十年出生的哈佛畢業生要怎麼樣追上早十年畢業的學長？而這些在同樣標準要求下的人，長期以來彼此相濡以沫，用同樣的價值觀判斷事物，彼此互相取樂，渾然不覺周遭環境的改變，其實也是一種近親交配的問題。表面上看起來風平浪靜，甚至業績蓬勃發展，檯面下卻早已問題處處，只是沒有機會爆發出來而已。遇到眞正的變革時，這些爲近親交配所苦的人根本就無法適應大幅變化的社會。

我以前就曾經遇過這樣一群舊時代的代表，他們誤以爲自己在業界闖蕩多年，成功的經驗可以被當作範例永遠衍用下去。對這群古板的聖武士來說，經驗可以凌駕一切變化，個人化對他們來說沒有任何的意義；在長時間的近親交配之下，培養出只對某些問題做出固定模式的反應，但他們自己卻渾然不覺外界的變化。因此，遇到高科技的變動時，他們總是反應最慢的一群，甚至在對科技毫不瞭解的狀況下還意圖駕馭這些超乎他們想像的力量。

遊俠的價值多樣性

我很慶幸可以擺脫這樣一群近親交配下的產物，因爲我一直堅信生物多樣性的概念會是眾多年輕人解決未來前途的關鍵。

試想看看，如果打撞球是不好的，教官們成功地把有興趣於打撞球的人統統記過退學，那麼撞球世界冠軍趙豐邦要怎麼誕生，要怎麼樣成爲技壓群雄的一方領袖？如果每個人都只認爲把書讀好就夠了，不讓陳金鋒有機會打棒球，那麼第一個從台灣加入美國大聯盟的球員要什麼時候才會出現？因此，很多時候，即使表面上看起來毫無作用的嗜好或是娛樂，都有可能在未來成爲遊俠一族的競爭關鍵能力。

不只如此，即使以整體社會或公司的觀念來看也是一樣的。許多新聞媒體追求改革，但團體內的每個成員都是受過正統新聞訓練的人，理所當然地思考模式完全相同，處理新聞的角度也都一樣，這樣一來，同質性這麼高的團體，要如何面對擁有各種各樣價值觀的觀眾？所以，引進心理系、歷史系、機械系、材料系的各方英雄好漢，帶來全新的價值觀，或許才是眞正解決問題的方法。

台灣目前以發展電子產業爲提升競爭力主要的走向，因此大量的人才投入了電機系、機械系或是材料科學的領域。但是，有沒有可能一夕之間以矽爲基礎的這個產業徹底讓位給以基因爲基礎的生物科技？如果一個國家把所有的資源都投入舊有的優勢領域中，誰知道在一次環境的大變遷之後還能夠留下多少的倖存者？

所以，在萬事萬物變遷快速的遊俠世代中，不管是對個人，或者是對整個組織和環境來說，生物多樣性都是最重要的概念。對個人來說，隨時培養自己的多樣專長，甚至是培養各種各樣的嗜好，也才更有機會生存下來。如果我沒有打電動的嗜好，又怎麼會進而去閱讀電玩的原著小說，最後當然就更不可能有機會翻譯《魔戒》。而在這個遊俠世代中，改朝換代不過是轉瞬的事情，網路從極盛到泡沫化中間不過五年的時間，台灣股市猛漲到一萬兩千點，最後急跌到四五千點也花不了半年；任何的政策或是團體如果不預先培養出各種可能的生物多樣性，就有可能在一瞬間的轉變中被徹底擊垮。

生物多樣性是在遊俠世代百花齊放的價值觀中唯一不變的美德！

第三章

新時代的衝擊

用一個簡單的比喻指出新舊時代最根本的差異，我想，可以說聖武士世代代表的是一種中央集權，以一定程度受到大家認可的某種衡量標準來讓大家取用；遊俠世代則是極端的個人主義，每個人擁有的和專精的都應該各有不同，甚至差異性大到不同興趣和嗜好的人完全無法和其他族群的人溝通。當然，這兩種截然不同世代的概念不可能在一瞬間就改朝換代，而是在各個領域中緩緩地對抗，有時聖武士獲勝，有時遊俠獲勝。我認爲，歷史的籌碼是壓在遊俠這一邊的。既然對抗如此全面性，又如此複雜，不妨從一個每天都必須接觸的層面開始說起吧。

新聞

在聖武士時代的新聞概念是「on the hour」的整點新聞，而遊俠世代則是「on the moment」的即時新聞。爲什麼會這樣呢？

舊時代的資訊觀

在聖武士的年代中，新聞來源稀少，又注重公信力，可能值得信賴的新聞媒體就那麼幾家，如同台灣在老三台時代絕對中央壟斷的環境一樣，因此對於當時眾多習於接受統一資訊來源的聖武士來說，就是必須要培養出在固定時間收視新聞節目的習慣，才能夠獲得新資訊。

這些資訊的規範、評論和篩選方法，也是全部統一的。對於電視台來說，他們的角色就是被動地提供資訊，「老子就是在這個時間提供這樣的新聞，愛聽不聽、愛看不看隨便你。」當然，這樣的模式也可以成功運作好長好長的一段時間，不會有任何的危機和挑戰。新聞的供給就像是餵養家畜一樣，在固定的時間供給固定分量的飼料，不吃?就沒有了喔!所以，在那個時代，抱持著跟大家一樣的想法是幸福的，因為認同你的人絕對占大多數。但所謂的黨外、異議分子就很辛苦，因為在統一的大量生產線上，很難生產出離經叛道的產品來。

只是，時序遷移，進入了遊俠世代，對於新世代的遊俠來說，在通訊科技發達之後，新聞獲取的管道有無數種：可以是網路找來的、可以是簡訊傳來、大哥大打來的，根本就不再像過去一樣只有那麼寥寥數種管道而已。因此，這個時代的新聞變成了觀眾和讀者主導的環境。「老子要什麼，你就得給什麼，不給我就看別家了！」而且，這些遊俠們的生活形態變化太大，有早上起床的、有晚上起床的，還有整天不睡覺的，他們的行爲模式和思考方法很難抓出一個固定的模式來，於是，對於媒體來說，只有亂槍打鳥，提供大量的、隨時隨地的新聞。

遊俠世代的即時思考

任何遊俠世代的觀眾，打開電視的時候想要看到的是當時發生、對他來說認爲最重要的新聞，如果電視不能滿足他的這個需求，他就只好打開電腦，上網獲得滿足，因爲這樣的需求，電視新聞開始反覆播報重要的新聞；對於一直守著電視的觀眾來說可能無法理解爲什麼不停聽到重複的報導，但是對於那些隨時插進來，隨時又要跳開的遊俠世代觀眾而言，這樣才能夠讓他即時知道最重要的消息。

就算新聞本身不這樣做，在旁邊不停更換的跑馬燈也可以達到這個重點，雖然跑馬燈常常有錯字，經常讓人不懂裡面在說些什麼，但是這種網路式的閱讀模式卻正是遊俠世代最需要、也最習慣的。他們沒有時間和忠誠度去固定、持續地收看節目，這些零碎、片段的試閱章節或就像是遊戲的demo，本身已經提供足夠的資訊，如果內容眞的夠吸引人，或許遊俠族群會願意繼續看下去，如果不行，那就謝謝大家再聯絡。

這也是爲什麼會有那麼多的二十四小時新聞台和SNG連線的緣故了。即使新聞台內容不見得二十四小時更新，即使SNG的內容多半荒腔走板，記者常吃螺絲，但是這樣的作法提供了遊俠族最適應、最需要的「即時感」；對於擅於應用高科技，卻因此造成人際有些疏離的遊俠們來說，可以親眼目睹某些事件發生的即時感是非常必要的。

這就像是遊戲界的趨勢一樣，過去的戰略遊戲都是以「回合制」遊戲爲大宗，現在的戰略遊戲卻必談即時，皆靠real time來運作。最早的戰略遊戲是來自於紙上遊戲，人們喜歡好整以暇地享受娛樂，每一步的思考和安排都是緩慢的，經過深思熟慮之後才發生的。但「即時制」卻正好相反，裡面的部隊運作和戰爭都是以和現實世界同樣的速率發生的，沒有暫停、沒有毀棋的機會，在這種高速的娛樂中，玩者挑戰另一個玩者，人類挑戰電腦，正義挑戰邪惡，代表的是整個速度感、遊戲觀和休閒需求的變更。回合制的優雅風格已經不再適合遊俠世代的飛速運轉，轉而必須要用和眞實世界同步運作的考驗才能夠讓人獲得足夠的娛樂。

廣告

同樣的狀況也發生在我們每天都會看到的廣告上。聖武士世代需要的權威轉化成廣告就是明星、專家的作風，而遊俠世代的口味，則是平凡人代言的那些廣告。

明星與路人的魅力

聖武士需要權威來告訴他該怎麼做，生活要怎麼過，所以我們會看到很多類似

「平平是肝藥」這樣的廣告出現，讓人們放心這產品的效力和風格。像周杰倫代言的飲料、徐若瑄代言的遊戲，廣告訊息都不那麼簡單，主要是在傳達一種認同，一種生活的風格，其中隱含的是「如果你喜歡我，就要……」，或是「如果你想像我一樣，就要……」。這類的廣告販賣的是一種生活形態、一種承諾、一種夢想，讓顧客願意爲了這樣的風格而去消費。

但是，這樣的老套對於遊俠世代們就不太有用了。於是，那些由平凡人、路人所做的廣告就開始出現了。「多芬」經常找許多各行各業的人物來描述他們的產品有多好用，或者是有多麼讓人喜出望外；「飛柔」則是推著洗頭車滿街亂跑，找一些願意接受洗頭的人來「洗你的看法」，這樣的風格比較接近遊俠世代的口味。

對於這些價值觀變動不停，甚至連認同都很難找到的遊俠們來說，所謂的權威可能根本沒有多大用處，只是讓廣告變得更好笑而已，但如果找的是身邊會出現的人，或許可能感動這些遊俠，也才能夠讓這些遊俠們購買產品。不過，這樣的作法是有其極限的，對於遊俠來說，究竟是不是他能夠認同的對象，大概不是任何廣告業者可能掌握的。所以，沒上網路討論區的人可能不知道，「多芬」的廣告在ＴＶ討論區遭到相當大的批評，許多網友抱怨這樣的廣告看起來太假、主角不入戲等等的。看來，對於遊俠族來說，這樣的廣告並不見得眞正能夠符合他們心目中的標準。

「Markets are conversations.」

—— Cluetrain Manifesto，http://www.cluetrain.com/

遊俠世代的網路傳播

既然談到了廣告，恐怕就不能夠避免地必須要提到商業行爲了。在這個年代裡面，主導所有商業行爲最力的就是大企業了。但是，在大企業林立，構成極爲強大的資本主義長城的同時，企業溝通的方法也因爲遊俠世代和聖武士世代彼此的抗衡，開始出現了捉襟見肘的窘況。聖武士時代的企業溝通方式就是最直截了當的廣告，由企業擔任一個權威，用或軟或硬的方式跟將單一的消費者各個擊破，宣導每個企業所希望達成和擁有的主流價值。

但是，到了遊俠世代時，這樣的溝通方式已經開始被更快速、更彈性的word of mouse（比word of mouth口耳相傳更快的鼠眼相傳）給取代了。網路上流傳的各種各樣謠言和電子信就是這樣的一個例子。下面幾個例子應該會讓人覺得似曾相識：

＊衛生棉長蟲

某牌衛生棉長蟲，結果導致有女性子宮被吃掉一半？在受害的廠商不堪其擾的要求之下，刑事局經過三個月，追查到來源，該名男子表示是從路邊聽來的。

＊轉寄信件送手機

只要轉寄信件數十封，並將這些人的電子郵件地址寄給某個帳號，就可獲得當紅手機一只？該公司已經否認，結果這是爲了收集電子郵件地址的廣告商想出的花招。

＊肯德基使用基因改造雞

這篇從英文翻譯過來的文章繪聲繪影地描述了ＫＦＣ使用了生化改造的雞，這些倒楣的生物沒頭沒腳，就只是培養出來給人吃的活生生肉罐頭，而肯德基改名ＫＦＣ的原因也是因爲使用這種不能被當作雞肉的肉類，所以……事實上，肯德基所使用都是當地所產的雞肉，並沒有使用到這麼「高科技」的生化合成雞。

＊盆栽貓

日本惡德商人將小貓塞進玻璃瓶中，並且塞進管子餵食，作爲新型態的寵物？網站上並且還有繪聲繪影的步驟教學？這個消息從美國一路延燒到台灣來，引起許多愛貓人的抗議。經過ＦＢＩ的調查，發現這只是一樁ＭＩＴ畢業生的惡作劇。由於沒有法律可以禁止不傷及人畜的惡作劇，而這些惡作劇者又十分堅持，屢次遭到關站，又屢次重開，因此這個網站還留著，不過，美國動物人道協會還是在努力試圖關閉這個可能會誘導人犯罪的玩笑網站。有空可以去看看這個搞笑網站www.bonsaikitten.com。

看起來或許輕鬆好笑，但這樣由消費者的恐慌所構成的溝通模式對於大企業來說還是一種極爲陌生的領域。雖然 Rick Lenvine、Crhistopher Locke、Doc Searls、David Weinberger早在一九九九年就提出了「Cluetrain Manifesto」這九十五項有關企業和網路使用者溝通的箴言，主張企業應該用和網友對等的身分和口吻

與他們溝通，而不是高高在上地以新聞稿、聲名和廣告，單向地自吹自擂。但是能夠實踐這種作法的企業委實不多，他們不是速度太慢，就是沒有意識到這樣的危機會造成足夠大的衝擊。

許多網路謠言在網路上歷經許久的流傳之後才見到企業出來澄清，而這個時候對企業形象及銷售額已經造成了極大的傷害。相較於美國的大企業和疾病管制局等公家單位，台灣企業的反應能力似乎慢了許多，可能是還沒有完全明白這種迅速且立即的破壞力吧！在這個網路科技風行的遊俠時代中，任何一名消費者都可以藉由網路對企業發起大規模的戰爭，而且在這樣不均衡的對抗模式下，多半都是企業會倒楣。不管在網路上前往那個討論區，都會看到各種各樣對企業和行銷手法及廣告的批評，但是大多數的企業對此一點辦法都沒有。

消費者已經開始大步踏進入了遊俠世代，但企業界還依舊停留在過往的聖武士時代中，這種不對稱的戰爭依舊會持續下去。

電腦的運算方式

在電腦使用的概念上也有同樣的聖武士和遊俠世代替換的狀況；前者的最佳代表就是每秒運算數十億次的超級電腦，後者就是我們家裡拿來打電動、寫文章用的桌上型或是筆記型電腦。

超級電腦的發明

超級電腦的誕生原本是由於軍事上的用途。一九五〇年代末期，美國的原子能委員會迫切需要一部超越當時的電腦運算能力數百倍甚至數千倍的運算機器，希望這部機器能夠模擬原子彈爆炸的威力，於是，他們找上了ＩＢＭ。ＩＢＭ設計的第一台超級電腦Stretch讓人相當失望，不只沒有達成原先預估的速度，更因此必須降價，導致ＩＢＭ

虧損了兩千萬美金。

直到六〇年代末期，一家叫作「ＣＤＣ」的小公司不畏艱難，在Simon Cray博士的帶領之下，率先開發出了速度更快、成本更低的超級電腦ＣＤＣ六六〇〇，其後，Cray博士就成了超級電腦界的專家，不斷開發出各種速度驚人的電腦來。這些電腦的耗電量驚人，早期的Cray I耗電一百一十五千瓦，Cray II更是必須要整個外殼內充滿了液態的氟化碳才能夠進行冷卻。

此後的超級電腦發展突飛猛進，諸如核子試爆的模擬、氣象天候的運算、地震規模的推估等等，都必須要靠這些極端快速、可以儲存大量資訊的超級電腦來處理。當然，這些資料都必須由各地彙整到一個中央電腦來處理，就跟早年的大型主機供眾人登入使用的狀況是一樣的。

嚴格來說，超級電腦本身也是由許多較小的運算器組合而成的，它的價格和周邊需求都相當昂貴和嚴格，並不是每個研究單位都負擔得起，因此，在運算法的進步下，也開始了新時代利用大量電腦集合在一起「螞蟻搬象」的概念。平行運算的概念簡單來說就是眾志成城，利用多台電腦集合起來做大量的運算，從而達成超級電腦的效率。這類計畫的難度是要讓新世代遊俠覺得夠有趣而願意參與，SETI@home計畫就是其中一個不能不提的例子。

螞蟻搬象的運算計畫

眾所皆知的ＳＥＴＩ（Search for Extraterrestrial Intelligence）是從一九五〇年代開始，搜尋外星智慧生物的計畫，其中一個方法是Radio SETI，利用無線電波的方式來偵測可能的智慧生命。這個計畫一直在美國的柏克萊大學太空科學中心內進行，簡單來說，由於無線電波搜尋的過程中會有非常多的雜訊需要過濾和判別，必須使用一台超級電腦才能處理這些大量的無用數據，不過，ＳＥＴＩ計畫的經費一直不足以購買計算能力這麼驚人的系統，也因此讓大量的資料堆積而拖延了進度。於是，研究者們利用分散運算的概念，將這些大量的資料切割，希望能夠利用全球眾多個人電腦的閒置時間來運算這些資料。

這套系統的用戶端程式會先連上SETI@Home的主機，取下大約〇．二五MB的資料，然後在使用者的電腦閒置進入螢幕保護程式時，它會自動啓動開始運算這些資料，如果使用者中途需要使用這台電腦，也沒問題，這個程式會自動停止，等到下次電腦閒置時再開始。一開始這個計畫只是一個實驗性質的動作，看看能不能夠利用這些閒置和浪費的電腦計算能力，但由於回應驚人（到二〇〇二年九月爲止，已經有六一一二四六一一二三個運算完成的單位資料回傳），整個計畫也開始往下一個階段進行，甚至準備和南半球的無線電望遠鏡合作，將整個範圍涵蓋到全天空的百分之七十五。

這個計畫對使用者來說是完全無利可圖的，但是就像是大多數遊俠時代的計畫一樣，它擁有一種超越國家和種族的成就感，對於許多的遊俠來說有趣，感覺的確是在爲全人類付出，這樣就夠了（當然，很多遊俠用這個資料來評估自己的電腦運算速度和整個國家的電腦運算速度，這對他們來說也是一些增加競爭感的有趣話題）。就我所知，有許多機房的管理者將自己管轄下的大型主機也納入了支援SETI@Home的體系之中，因此，這個計畫到目前爲止運作的數據相當的驚人，全球的使用者高達三百九十六萬人，累積的CPU運算時間已經超過一百一十二萬年。

台灣在二〇〇二年九月十五日的統計是二六八二六名使用者，整體的貢獻在全球排名第十六名，贏過中華人民共和國、韓國、挪威、比利時、西班牙等國。這個計畫繁體中文站的網址是http://setitaiwan.tripod.com/MIRROR/，有興趣的讀者可以去看看。當然，這個模式在遊俠世代中相當成功，因此後來也有不少仿效的計畫，像是Intel的癌症新藥研究計畫就是一個例子（http://www.intel.com/cure/），未來，迎合遊俠世代思考模式的這類計畫想必會越來越多吧！

網路世界的入口

即便是在「入口網站」（Portal Site）這個尚稱新穎的概念中，都已經有了舊時代和新時代交替的狀況出現了。

聖武士型的入口網站

在聖武士時代中，入口網站是一切資訊的來源，大家必須要來到某個大型網站之後，再聽從站長大人的安排與指示，分別乖乖地前往自己想要去的地方。Yahoo網站替使用者貼心地整理好各種分類和檢索的方式，就如同聖武士時代的大家長一樣，照顧各位該怎麼前往指定的地點。如果用交通方式來比擬，這裡就像是中央車站，站長替大家規畫了一個大門，裡面再分出許多小的道路，讓個人自行選擇。

Google（www.google.com）是我非常喜歡、也習慣使用的一套搜尋引擎系統。根據它網頁上的說法，它的原理是自動派出許多的「網路螞蟻」，這些螞蟻（可以把它們視作短短程式構成的小機器人們）會在網路上到處爬來爬去，把所有搜尋到的資料都抓回到某處集中管理的主機上，並且透過這些螞蟻接觸資料的頻繁程度把這些大量的文字資料加以儲存起來。這套搜尋引擎的功能十分的強大，又儲存了相當多的資料，有時它的頁庫存檔甚至會保留許多已經消失的網站上的資料，最近甚至還加入了圖片搜尋的功能！可說是居家休閒，出門在外的必備工具，許多翻譯和寫作者都將Google大神的搜尋結果視爲重要參考資料。

雖然我這麼愛用Google，但很遺憾的，它畢竟還是屬於聖武士時代中央集權概念的產物。舊時代的搜尋引擎平常是靠著這些公司內部大量的機器四處進行搜索，並且將這些資料儲存在自己的機器上，等到使用者有需求的時候再從這些機器叫出。但不管這些機器多先進、搜尋的速度多快、硬碟的容量多大，畢竟都是有限的，而且資料都儲存在這套系統裡面，萬一哪天發生問題就糟糕了。

此外，由於聖武士型的搜尋引擎是將資料集中儲存在一個系統中，相信許多使用者都會發現，即使是像Google這麼能力強大的搜尋引擎，也不可能做到即時更新的動作，因此越是即時的新聞資料就越不可能在Google上找到，反而必須到其他的新聞網站去。而且，雖然Google全文檢索的能力很強，但也正因爲這樣，經常會搜索到阿里不達不相關的資料，可能是未經分類，或是像無厘頭造句那種恰巧關鍵字連在一起，實際上卻風馬牛不相及的文章；要自己過濾大量無用訊息，是使用搜尋引擎時最害怕遇到的情況。舉個例子來說，我用關鍵詞「武器」來搜尋，那麼很有可能遇到這種句子：「慕容復很喜歡比武，器量卻很小」。跟武器沒關係，但搜尋引擎卻沒有辦法辨別。

資源共享與網路烏托邦

如果把這些工作下放給許多使用者共享呢?遊俠世代成了PtoP（或P2P）點對點的時代，所謂的入口網站被個人對個人的服務取代了。其中最好的例子就是鬧得喧騰一時的Napster。Napster提供的只是一個中介服務，任何一個願意將檔案分享出來的使用者都可以在這個社群裡面登記，讓全世界其他無數區域的使用者從這些志願者的硬碟裡面抓取需要的資料。Napster只是把這些個人使用者的資訊公布出來供大家分享，想要抓取某些資料的人可能可以找到一萬個下載點，更可以利用軟體分別從三個或是五個下載點中分開抓取同一個資料，再把它們拼湊在一起。這樣的作法不只可以節省頻寬、讓效率更高，同時也眞正把全球共享的概念實踐到極致。

Project Pandango是一套更符合遊俠世代思考模式的搜尋引擎計畫，它是由i5 Digital LLC智慧財公司所設計成立的（Pandango這個字是來自拉丁文中的Pando，意思是「擴展」），這套搜尋引擎的概念大幅引用了PtoP的理想性，希望能夠突破聖武士型搜尋引擎的缺陷。Project Pandango藉由資料分享的方式，把搜尋引擎的功能下放到每一個使用者的電腦中，簡單地說，所有下載Pandango搜尋引擎的使用者都等於加入了一個搜尋引擎的大家庭中，他們同意將自己使用網站的資料和其他人共享。

每當一個人對Pandango發出搜尋的要求時，這個系統會針對加入此共享社群的幾台電腦發出支援的呼叫，要求他們把這方面的相關資料回傳，如果這幾台電腦沒有相關的資料，這個動作就會如同等比級數一般地不斷擴展，往更多的電腦發出搜尋的訊息。在極度理想化的環境中，Pandango等於是透過所有上網使用者的電腦來搜尋需要的資料，這些資料和傳統的搜尋引擎比起來，絕對比較新，也比較實用，因爲這樣的搜尋過程等於經過了許多網路使用者的人工篩選，他們使用各自的智慧來判別這些資訊的實用性，這等於用人類智慧對抗人工智慧，還用說，當然是前者比較可靠啦！根據某些資料的說法，透過螞蟻搬象式的集體動員，這套搜尋引擎甚至可以達到一次檢索一百萬筆資料的驚人成就。

資源共享的限制

當然，這套系統從二〇〇一年公布後，至今還沒有邁入商業化運轉的階段，因爲有幾個必須克服的問題。第一，這類的資源共享在PtoP目前的模式中，都是開放預先控制的區塊和別人一起分享，但是上網記錄和標籤這種比較私人的資料會有侵犯隱私權的問題。其次，這套系統要開始作用，必須有大量的使用者加入，系統的效果才能越來越好，一開始要怎麼啓動這個趨勢本身就是一個問題。不只如此，如同SETI@Home這樣利用電腦閒置能力的作法雖然足以成功，但Pandango這種隨時隨地，更具入侵性的利用方式究竟能否不影響到使用者本身的自由，還是個相當讓人懷疑的問題。

不過，高科技界對於這種世代交替的狀況永遠比較敏感，Google的科技部門負責人Craig Silverstein表示他們也正在評估PtoP技術對於搜尋引擎的影響，只要能夠克服相關的技術問題，Google沒有理由不提供這樣的服務。看來，對於大多數的高科技來說，聖武士和遊俠概念的轉換只是一念之間，不像其他領域一樣是場生死交關的惡鬥；畢竟，許多科技人才的理想性，根本上就是遊俠世代的信仰基礎之一，要他們做適度的讓步和改革並不過分。

網路的集體仲裁機制

當然，除了系統本身的限制，遊俠時代的無威權概念在這樣的運作過程中也是有缺陷的，最顯而易見的就是，這些提供者可能來源不明，甚至在檔案裡面夾藏病毒。整個體系就像遊俠世代的標準模式：無政府、混亂、百花齊放卻又資源共享，但這樣的狀況是否便代表著負面的發展呢？其實不然，資源共享的結果是造成了權力共享，雖然沒有一個中央集權和規範可以決定任何人的行爲是否符合標準，但網友們的集合意志就足以代表一切。

在這種由私人組成的雜亂網路體系中，它的公開特性如同美國早年西部開墾時的風格：網路上的事情由網路解決。使用者的確可以在沒有法律規範的環境下恣意妄爲，但網路的眾人意志卻可以如同西部決鬥一般，用「私刑」處置這些惡意破壞者；破壞者可能被逐出或是遭到眾人抵制，甚至是被以牙還牙地施以同樣的破壞。這樣的遊俠信念簡直可以說是雅典民主的極致發展，一切的行爲和意念都是由一個不能捉摸、無法描述的集體意志所控管的，運作一久，自然會產生一個變動性的共識，任何違背這種共識的人就會遭到各種各樣的制裁。

就如同遊俠雖然雲遊四方，對抗不同的敵人，但「俠」字卻還是眾人在不同中求同的一大共識；這樣的網路烏托邦確實正在形成，但在許多聖武士世代的人眼中卻會是很大的問題。Napster遭到美國眾多唱片業攻擊就是一個例子。

遊俠世代的重大挫敗？

對於全球的唱片業者來說，MP3的出現完全打破了他們壟斷音樂銷售的局面，苦無一個倒楣的對象可以供他們集中火力攻擊，於是Napster就成了最大的代罪羔羊。在如狼似虎的律師團集合力量猛攻之下，Napster陷入了血肉模糊奮戰的窘境，但全世界的使用者依舊對他們非常支持，提出控告的唱片業者也受到許多的抨擊。

不過，在這場聖武士世代對遊俠世代的戰爭中，並不是每個企業都抱持著同樣老化和僵硬的態度。德國媒體集團博德曼（Bertelsmann）就對這個嶄新的市場和模式抱持著極大的興趣，因而多次希望能夠在財務上挹注Napster，甚至準備將其買下。但是，在眾多其他唱片業者的阻撓之下，美國德拉瓦州的破產法院駁回了這項併購的要求，Napster也因此曲終人散，遣散了四十二名員工，開始進入清算的階段。

這是一場遊俠世代的重大挫敗，原因很簡單，在眞實世界擁有強大力量的多數還是聖武士風格的人們，他們僵硬、不喜變化，老想把自己的價值觀套用在別人身上。但是，這場戰火並沒有就此結束，根據路透社二〇〇二年九月十五日的一篇報導指出：「讓音樂交換網站Napster被迫關閉的音樂公司，現在又繼續與Napster的徒子徒孫，如Morpheus、Grokster與Kazaa等，打侵犯版權的官司。這場官司的戰線還延伸到其他方面。音樂公司僱用企業爲他們寄發空白，或含有未能執行的音樂檔案以便阻礙下載者，並促請國會議員提案立法，讓他們能夠打擊類似Napster的網絡組織，同時，音樂公司也不排除控告個別使用者。」

但是，同一篇報導中也表示，有許多的大學生只是利用這樣的管道作爲試聽之用，事實上只要他們覺得好聽，還是會購買大量的音樂產品。唱片業者持續的用法律條文和控告來恐嚇這些使用者，卻不爭取在網路世界的科技優勢，可說是一種與消費者持續對抗的不智行爲。我認爲遊俠世代終將獲勝，差別只是在舊世代的觀念要霸占這個世界多久而已。

共享資源誰該獲利

不過，光是PtoP業者本身的商業模式也有相當大的爭議。國內最早引進Napster概念的是ezPeer，但是在二〇〇一年十月，台灣的ezPeer宣布將開始收費，這樣的作法一瞬間就湧入了大量網友的批評，各討論區都產生了數量驚人的抗議文章和連署，因爲網友們不能夠接受這種所有資訊都由別人提供，擔任仲介者卻也可以從中獲利的模式；對於他們來說，網路世界理想國模式的資源共享牽扯上收費和獲利是相當讓人反感的事情。

ezPeer的收費模式是，用戶每下載一ＭＢ支付一元，被下載者、ezPeer、小額付費平台業者分別拆帳百分之三十、三十、二十，剩餘的百分之二十則留給數位版權所有人，其他還有各種各樣的配套措施，但仍被批評「間接成爲補商的收費系統」，一時之間成爲眾人抨擊的對象。簡單地說，大多數網友認爲，資源自由交流是可以接受的，但要拿這種基於大家的善意而共享流通的資源來牟利，那就得再討論了。

因爲這個事件，有不少使用者改用其他仍未收費的系統如Kazza或是Edonkey（後者應該算是目前大家最常用的介面了，網址是http://www.edonkey2000.com），一般認爲ezPeer在此事件中受到不小的損傷。PtoP的模式應不應該獲利、要如何獲利，是一個遊俠世代尚沒辦法解決的問題；這點也是遊俠世代的另一個特徵，公益性的活動容易受到大家的支持，但是商業性的活動就必需要經過妥善的安排，或者包裝，才能夠讓遊俠們欣然接受。

奇幻文學的崛起

兩個不同世代的變遷概念，我當然也要以我最熟悉的奇幻文學來說明一下。遊俠和聖武士本來就是奇幻文學中經常出現的名稱，而奇幻文學在近幾年突然崛起，其實也和世代的變遷隱然有些關聯。

面對科技至上的反動

《魔戒》於一九五六年發行了第三本《王者再臨》，在英國本土激起不小的風潮，這股風潮大約經過兩三年之後傳入了美國，並且正好切入一個獨特的契機，也讓《魔戒》在二十世紀占有一個特殊地位。當時許多青年所面對的是一個相當讓人困惑的世界：戰爭結束，卻沒有帶來和平，反而開始了冷戰的緊張和軍備競賽；科技進步，並沒有帶來黃金盛世，反而釋放了核能的惡魔。對於當時的年輕人來說，他們迫切需要一個偶像和一份新的規範，指引他們在這個充滿混亂和衝突價值觀的世界中繼續生存。《魔戒》正好適時地出現了。

托爾金撰寫《魔戒》的目的之一，其實是想要闡釋二十世紀動亂不安的根源，並且構築托爾金自己心目中的烏托邦。對托爾金來說，這衝突的緣起是科技的發展掙脫了人類的駕馭，也因此，在他的小說中，凡是邪惡一方的角色，大多對科技特別倚重；這點在紐西蘭導演彼得傑克森的《魔戒首部曲》中的視覺展現更爲明顯。歐散克塔是賢者白袍薩魯曼所居住的地方，在電影一開始時仿若一座美麗的花園高塔，但在薩魯曼決心投身邪惡陣營之後，所有的樹木全遭砍伐，成爲熔爐的燃料，各種各樣的齒輪和機械協助他製造出大量的武器；這樣的詮釋，忠實的展現了托爾金對於工業革命的看法。

在五〇年代一片鼓吹科技進步、科技無害論的浪潮中（讀者或許極難想像，但當年確有大力鼓吹核彈無害，應該用以開鑿運河、挖掘水庫等今日看來極端不可思議的論調），托爾金這種厭惡科技、蘊含著環保精神的觀點就成了少見的異端，但也因此成了當時這些青年們的重要精神支柱；或許正是這個原因，離經叛道的搖滾樂成了受到《魔戒》最深影響的音樂派別之一。對於當時美國的大學生來說，吸大麻、參加反戰示威、

看《魔戒》的小說就成了必須經歷的重要洗禮，而這群駭客精神的創始者也將這股對環境的不滿以及不受拘束的自由精神帶進了現實世界中。

尋找理想國

西元一九七二年，綠色和平組織的領袖大衛麥塔加（David McTaggart）開著小帆船闖進法國的核子試爆場，綠色和平組織也因此而成立。當時，他在日記中寫著：「我這段時間都在閱讀《魔戒》三部曲。眼前的遭遇，讓我不禁把這個小小的遠征隊和哈比人冒死前往魔多火山的艱苦旅程聯想在一起……」。奇幻文學其實代表的就是當代人們對於威權終極的反抗。這個世界不夠理想，讀者們試圖從書本中重建理想國；這個世界變動混亂，讀者必須從書中尋找能夠說服自己的思考角度。

先以《哈利波特》的銷售量爲例子來說，根據二〇〇一年華納所公布的銷售量來看，四本小說全球共銷售了一億三千萬冊左右；而在台灣，有媒體報導，第一冊《神奇的魔法石》銷售量已經接近九十萬冊，其他的續集也大概有六十萬冊左右的佳績。以這樣的數字來計算，全球六十億人口買了《哈利波特》一億三千萬冊，平均每個人有○・○二一冊，乘上台灣的兩千三百萬人口，《哈利波特》在台灣應該只有四十九萬冊左右的銷售量，但實際上，台灣地區每人平均擁有○・一一七冊，是全球平均數字的六倍左右；根據ＢＢＣ二○○一年十一月的報導，同一時期的日本每人平均也只有○・○四七冊。

這個異常的銷售數據顯示什麼樣的可能性呢？近代奇幻文學在托爾金創造時，其實就有著對當代極度失望、試圖尋找工業革命前烏托邦的用意。當時的學者甚至批評其爲逃避主義，並且大加韃伐。《哈利波特》的風潮表面上似乎單純，但也有同樣的可能性；從其內容就可以發現一些讀者願意付出努力去追求，卻可能無法達成的目標。小說中的學校充滿了魔法和冒險，在學校學的所有東西都是大家心甘情願，甚至主動要求的，哈利波特和同伴們放暑假的時候竟然一心只想要趕快開學；小說中有趣無比的巫師世界，只有那些具有巫師血統的人能夠明白，一般的麻瓜其實沒有機會瞭解。

奇幻文學所開創的是一個充滿了想像力的空間，人們可以不用理會現實世界的種種包袱和壓力，可以盡情地投身其中。新世代的人們繼承了壞環境，所以必須要這樣的庇

護所去逃避，去暫時忘卻眞實世界的恐怖；或者，他們創造想像，讓自己在天地間有個容身之處。很自然的，一個越是惡劣的環境，人們越會渴求奇幻文學。想想看，從小到大，台灣的學習環境什麼時候讓學生輕鬆地學習過？教育改革更是讓學生們必須讀的書越來越多，只是往更壞的方向走。《哈利波特》的環境提供的是一個現實世界所無法完成的美麗夢境。

這個惡劣的環境是誰造成的呢？不就是那些認爲奇幻文學是不務正業、是胡說八道的成年人？現實世界無法改革出良好的環境，想像世界又不准我們尋找美善的庇護所，新世代的未來究竟在哪裡？

娛樂世代的美國軍方

對於遊俠世代來說，他們大部分都是吃軟不吃硬的，如果要強硬地以權威角度來對他們灌輸任何的觀念，根本上效果會非常差。但是，如果你能夠和遊俠世代站在一起，用他們願意接受的語言來溝通，這樣的效果才會大爲增加。如果上面我舉了那麼多例子，還沒有辦法說服你遊俠世代的特殊風格，那麼，美國軍方的一些決定應該可以讓你對趨勢有一些比較清楚的概念。

隱形的召募計畫

美國軍方可說是世界上資源最豐富的團體，但是進入九〇年代之後，在召募工作的成效上也出現了十分明顯的下滑趨勢，原先以國家認同和英雄氣概爲主打的召募廣告成

效開始下降，召募目標都無法達成；因此，他們確切意識到新世代的溝通模式已經改變，而開始了一連串以娛樂角度和這些潛在從軍者溝通的行銷計畫。

對於實施募兵制的美國來說，如何製造吸引人的整體形象是門非常高深的學問。一九八六年的電影《捍衛戰士》讓美國海軍航空隊和空軍湧入大量的志願從軍者，也開展了各單位和娛樂產業此後密切的合作關係，美國陸軍甚至每年固定組織好萊塢編劇和導演參訪軍事設施，希望能夠吸引他們製作軍事相關的題材。

五角大廈影片聯絡處的官員表示：「批准電影拍攝計畫的標準在於是否有機會對大眾宣傳軍方的正面形象，以及有助於募兵。」因此，當年的《赤色風暴》就因爲描述核子潛艇叛變情節，而完全無法獲得海軍方面的協助，被迫只好自己搭建布景和模型。而另一方面，同樣描述美國海軍早年黑暗面的《怒海潛將》雖然有提及種族歧視的內容，但因爲內容「極富勵志性」，因此獲得美國海軍的全面配合，不只協助重建五〇年代的訓練設施，更出動各種各樣的潛水設施和船艦飛機，希望能夠讓這部電影吸引關鍵的十八到二十四歲觀眾，讓他們燃起從軍的欲望。

「官方版」的美國陸軍遊戲

不過，老是等著別人上門來也不是辦法。二〇〇二年在全世界最大的電玩展Electronic Entertainment Expo（簡稱E3）上，美國陸軍就宣布了一個破天荒的計畫：「美國陸軍」的正宗遊戲，許多眞正的軍事配備和軍人進入展場展示遊戲，擊敗了眾多清涼辣妹，成爲媒體最注意的焦點，我當時也在現場目擊了這種特殊的情景。E3照慣例是各遊戲公司發表遊戲的最重要時機，不過，在這整段過程中美國軍方反而變成了最受矚目的焦點，包括NBC、ABC、CNN等電視台都來訪問，成爲前所未有的奇景。

這整個計畫的緣起是自一九九七年，美國軍方針對青少年進行了一連串的調查，他們發現，青少年頻繁地利用網路來交友、娛樂和學習。因此，美國陸軍經濟及人力資

軍方真的把戰車搬到現場，站在旁邊的是長的很像恐怖分子的我。

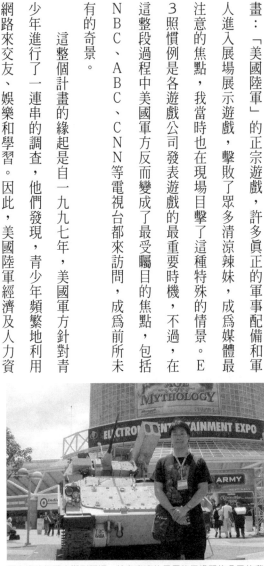

源分析室的主任卡西華定斯基（Carsey Wardyski）中校決定嘗試著同時利用網路和遊戲來和這些最有可能加入美國陸軍的對象溝通。華定斯基中校聯絡美國軍方有能力進行這方面的另一個組織：美國海軍研究所虛擬環境模程及模擬機構（Navy Postgraduate：Modeling of Virtual Environment Simulation，簡稱MOVE），MOVE的執行總監麥可賽達博士（Dr. Michael Zyda）於一九九九年九月接到了華定斯基中校的電話，兩人於是決定一起撰寫整個草案。在花了一段時間說服國防部之後，整個計畫終於在二〇〇〇年八月開始實際進行。我在二〇〇二年去了一趟美國洛杉磯，協助年代新聞台採訪全世界最大的電玩展，於是有機會當面訪問到了這位華定斯基中校。

連美女主持人都被吸引了上場比畫幾下。

　　這款名為「美國陸軍」（U.S. Army）的遊戲使用了Epic的魔域幻境引擎，遊戲的實際進行過程分成兩個部分：名為「士兵」（Soldier）的遊戲可以讓玩

整個計畫的發起人華定斯基和我的合照。

者進行軍旅生活的生涯規畫，實際體驗陸軍的生活卻不用經歷削馬鈴薯皮等等瑣事；另一個部分則是可以多人連線對抗的「任務」（Mission），玩者在裡面可以扮演武器制服都一應俱全的美國陸軍，也可以扮演手持AK四七的敵人。遊戲中的M二四九班用機槍、M八二狙擊槍等全都是應用武器眞實數據的模擬。

在接受專訪時，華定斯基中校表示這是因應新一代武器誕生的必要變革。華定斯基中校表示：「我們知道軍旅生涯並非遊戲，但在這次展覽中，很多的遊戲都是模擬美國陸軍或空軍，因此，如果人們覺得這很有趣，那麼很自然我們可以透過這些管道來告訴他們有趣的消息。我們試圖把資訊包裝在娛樂之中，提供給青少年，讓他們能夠決定自己是否要加入陸軍。」

在戰場上一團混亂時，美國陸軍需要冷靜、理性的人才來分析戰場上的情報、操作武器，做出正確的決策來。網際網路也同樣是一團混亂，擅長使用科技的青少年能夠從其中找到需要的資料，這就具備了戰士的天賦。因此，對於美軍來說，吸收這些擅長使用各種科技的人才確實是他們最迫切的目標，而應用遊戲和網際網路來接觸這些資格符合的人當然是最好的方式。這款遊戲在開發時耗費了六百五十萬美金，美國陸軍計畫將遊戲開放下載，並且隨著遊戲雜誌附贈。等到整個伺服器上線之後，整體的經費將會高達七百六十萬美金。不過，華定斯基中校也表示，只要有三百名青少年因此願意加入陸軍，就已經達成了這筆預算的損益平衡，獲得了合理的效果。

除此之外，我也去訪問了在現場一起協同行銷的美國陸軍行銷部公關室小約翰波伊斯，他的說明相當清楚：「我們的目的是對全世界和美國展示擁有強大實力的陸軍戰士，正如同在許多廣告中的目的一樣，我們在向美國的民眾展示他們擁有一支強而有力的志願軍。這個遊戲並不單純是針對募兵而製作，而是一個提供正確訊息的管道，讓年輕人瞭解今日的陸軍，明白我們的價值觀、為國家奉獻犧

這些都是真正的軍人，現場吸引了很多目光。

牲的精神和團結一致保衛美國的努力。」這等於是美國陸軍新的召募口號「An army of one」的徹底實踐，將娛樂和宣傳整個包裝得完整而無破綻。

目前網站上的U.S.Army遊戲已經成爲近來最受歡迎的第一人稱射擊遊戲，全世界各地的玩者都爭先恐後地前往網站上進行這個強調互助合作和模擬美軍眞實訓練、配備的遊戲。美國的價值和美國軍方對恐怖分子的概念，就這樣透過這款遊戲而傳達到全世界，許多人在遊戲的過程中自然而然地接受了這樣的角度和看法，這樣的效果好不好？你說呢？

老化

「這個國家什麼都不缺，眞的是什麼五花八門的東西都有。可是，就是沒有希望。」

——《希望之國》，村上龍

每當我打開報紙、看著新聞，甚至是和許多職場上的人物打交道時，我都有種感覺：這是一個老化很嚴重的社會。整個台灣的活力幾乎全在年輕人身上，職場上第一線、消費最大宗的人都是年輕人，但是，這些人沒有和他們扮演的角色相稱的發言機會，反而是一大群思想老化、行爲老化的人在決定整個社會的運作。擁有眞正權力的人不只年齡老化，更徹底地不會爲年輕人思考。老化的人對於他們不瞭解的東西感到恐懼，而任何讓他們恐懼的東西都會被他們打壓、消滅。

沒有發言權的未來主人翁

二〇〇二年中，有一位國中生跳樓自殺，隨即，我們看到某位台北市議員出來召開記者會，大聲斥責「暗黑破壞神二」（Diablo II）的遊戲內容因爲有「Time to die」這樣的文字而引誘青少年自殺。任何平常有接觸電玩的人都會清楚這種指責的荒謬性，但是，在大眾媒體上卻看不到任何人可以爲之辯白。甚至連所謂的「中立報導」都根本不中立，因爲有資格發表相抗衡言論的人是那些打電動的青少年，是那些接觸、製作遊戲的從業人員，而這些人並不被媒體視爲夠分量的權威人士。

於是，當天我寫了一篇文章投稿給《聯合報》的「民意論壇」，也在第二天刊出了（這次我在本文中間加上一些當時因爲字數限制而沒有加入的內容）：

幫他完成未完成的故事

又一個年輕的生命殞落了，在議員的指責和家長的痛心下，似乎眾人都忘記了他的書包裡還有另一張紙條：「幫我完成未完成的故事」。

看在同是打電玩長大的我眼中，這是多麼沉痛、來自靈魂深處的慟哭啊！還有那麼多的電動還沒玩，還有那麼多的漫畫還沒看，聖武士的技能不夠高，還沒辦法輕鬆打敗巴爾，還沒有撿到過玻璃渣砲……爲什麼這個傳說，這個故事就要終結了呢？主角還沒演過癮，爲什麼卻必須走下舞台？這會是電玩的影響嗎？我不這麼認爲。

在這次事件中，大多數譴責電玩遊戲的人多半都沒實際玩過遊戲。它的確擁有讓人廢寢忘食的力量，我自己就經常因不能完成遊戲而捨不得離開電腦前，每次被迫割捨下遊戲的時候，那種魂牽夢繫的感覺絕不是局外人能夠想像的。如果這個年輕的生命眞的如此喜愛電腦遊戲，現實生活中必然有更強大的力量逼得他不得不放棄自己的傳說，捨棄成爲英雄的機會……。

如果做出指控的人，能夠問一下少年身邊的朋友，相信絕不會得出「Time to die」會導致人自殺的荒謬結論，因爲這個語音是多人連線模式中恐嚇對手的喊話，接下來的動作應該是鼓起勇氣一較長短，怎麼會成了自殺的前奏？在這個案件中，議員和家長是不是該更瞭解自己的孩子在幹些什麼，在過著什麼樣的生活，在玩什麼樣的遊戲？（我們的政策永遠都是替那些偷懶的、有投票權的人著想。很多青少年花了很多時間在網咖裡面玩電動或是上網路，於是眾人皆曰網咖可殺，甚至規範某些時間青少年不得進入。但是否有人眞正思考過？法律是道德的底線，但法律絕對不是管教青少年的超級王牌。許多中產階級的父母不願意負起管教的責任，因此鄉愿地把責任推給立法者或是管理者，交由他們用法律限制和規範一切。但是，父母引導孩子、教育孩子的立場和責任在哪裡？如果任何會影響功課的事情都應該要禁絕，那麼是不是青少年功課寫完前電視不准播出，上課時間籃球場和電影院必須管制青少年入場？或者是青少年根本就不應該擁有自由行動的權利，一律要由家長陪同？跨出了這一步，下一步會是什麼？）

一九九九年四月二十日，美國科羅拉多州的可倫賓高中發生了兩名青少年持槍濫射的事件，由於這兩名少年是「毀滅戰士」遊戲的愛好者，起初媒體和社會也是一面倒地譴責遊戲暴力的影響，甚至掀起了嚴法管制遊戲的聲浪（當時甚至有眾議員主張徹底篩選所有的遊戲，禁止製作和販售任何有暴力內容的遊戲）。但最後FBI的調查報告顯示，社會和家庭對他們所造成的影響遠大於遊戲，起初的偏頗看法只是因爲對電玩的誤解和成見才產生的。這個案例，不禁讓我想起了台灣的社會。

在台灣的社會中，成人總是將自己的假設和意志強加在青少年身上，從來不問他們的想法和意見，只因爲青少年沒有投票權，也跟著被剝奪了提出意見的資格。沒有人問教改是不是眞的比較輕鬆，教改就改了；沒人問多元入學是不是眞的多元，制度就變了；沒人問電動是不是眞的不好，電動就禁了。我當年正在準備大學聯考，十分需要電動來舒解壓力，台北市政府卻以「禁絕賭博性電玩」爲理由，把沒有賭博性的電玩給一併禁了。爲什麼被剝奪掉娛樂的青少年卻沒有發言的資格？（我還記得當時和同學在補習的空檔去放鬆身心的單純快樂，我也還記得在一夜之間這種單純的快樂全部消失時的難過。我不感謝這樣做的人，這只讓我對整個社會充滿了不滿和仇恨。我不感謝任何替我決定未來的人。）而這樣的事情卻一次一次地重演在網咖，發生在動畫、漫畫上。

我很生氣，氣自己能力不足，沒辦法阻止這一次又一次輪迴的命運再度發生在後輩身上。難道，這眞的是無法阻止的宿命嗎？或許，有成年人願意眞的聽聽青少年的想法，眞的能夠幫青少年完成那未完成的故事？

眞的可以嗎？

該謝幕退場的是？

一位八十幾歲的老人可以讓全台灣爲之震動，甚至占據各報的報紙頭條，讓眾多差不多老或是還沒那麼老的人爭相批評。這是病態，歷史淘汰人的速度一向毫不留情，爲什麼這樣一個早該被淘汰的人卻依舊在檯面上獨領風騷？台灣早該是年輕人的舞台，卻依舊由垂垂老矣的人所把持，難道這些新世代的人眞的這麼不爭氣，連發言和表演的機會都沒有嗎？行爲、心思老化的人啊！請歌手、謝幕、退下，這是我們的時代，也該是我們登場的時候了。把這塊雖然狹小，卻還有希望的舞台讓給新世代的人吧！

「……我們將這個計畫命名爲UBASUTE。老人們將接受測驗，沒有知識涵養或技能訓練的人，即使再富有，都得去住山上的安置機構。財產充公，用以清理被他們污染得亂七八糟的環境，使之恢復原貌。爲什麼我們非得拼命去清理被老人們污染的大自然不可呢？……大部分的老人既不工作又不唸書，容易生病，好擺架子又愛說教……不好的東西全都是別人的錯，嘴巴上整天唸著過去有多美好，不肯

努力，看起來卻還是一點也不快樂。我們不願跟這種老人一起生活。要我們勞動來供養這些老人，門都沒有，難道大家不這麼認爲嗎？就讓我們合力來打造現代的棄姥山吧。我們的組織已經開始研擬具體的計畫了。如有進展將隨時報告。請大家多多支持。」

——《希望之國》，村上龍

仇恨

「……國家是我們自我犧牲下的最大受惠者，年輕人會受到期望，爲本國的榮譽前俯後繼的壯烈成仁。尤有甚者，國家還會鼓勵青年去殘殺其他的個體，只因他們屬於另一個不同的國家。」

——《自私的基因》（The Selfish Gene），Richard Dawkins

這個現象開始了有好一陣子了，本來這就是文化的一種常見現象，但現在它卻開始擴散到本來應該沒有包袱，本來應該抱持著開放、天眞的態度觀看這個世界的年輕人身上。外省人仇恨本省人、本省人仇視外省人、台灣人仇視大陸人、大陸人仇視台灣人，這些仇恨本來是有其時空背景的，但現在這卻似乎變成了一種潮流，一種流行，每個人該仇恨哪些人，該和什麼人敵對，似乎已經成了和血統、居住的地方有密切關係的一種天命。在這種毫無意義的對立和仇恨中，誰獲利了？政客。

仇恨是最容易讓人激憤、讓人失去理智的情感，也是最容易讓搧動者從中得利的情感。羅馬天主教會把回教徒描述成野蠻、嗜血的狂熱者，把他們醜化成霸占聖城耶路撒冷的邪惡異教徒，讓他們成爲天主的敵人，原因是爲了建立世界教會，擴張教宗的無限權威，也爲了讓那些沒有繼承財產的貴族們有機會在戰爭的混亂中獲得大筆的財富。結果呢？造成持續將近兩百年的十字軍東征，這期間所發生的燒殺擄掠，不但讓羅馬教廷的威信大爲降低，更讓聖城耶路撒冷遭到多次的屠殺噩運，也摧毀了大量的珍貴文物。

希特勒捏造文件，發動宣傳攻勢，讓德國的民眾仇視猶太人，將經濟的衰敗怪罪於他們，立誓要發動種族淨化；他爲了要激勵起德國人民對日耳曼民族的驕傲，也是爲了替第一次世界大戰後德國國力一蹶不振的命運找到代罪羔羊。結果是，初期橫掃歐洲的第三帝國最後慘敗，希特勒自殺，德國被分割成東西德，無數的德國人民骨肉分離，現在兩德雖然已經統一，雙方的歧見至今仍未完全消弭。

仇恨是政客得志、得錢、得權和得勢的最佳特效藥，只要激化對立，讓不同的族群彼此互鬥、彼此痛恨，就會逼得每一個人都必須選邊表態；本來不願意出聲的人出聲，本來不願意投票的人投票，只因爲政客要把每一場選舉、每一個事件激化成決一死戰，才會有更多的人投票，才會有更多的人捍衛。然而，仇恨也是遺毒最深的惡意。德國至今還有光頭黨，極右派是以攻擊外來移民、暗殺外籍人士爲主要的目標，正是意圖重建當年第三帝國的執念不停借屍還魂的結果；以色列和巴基斯坦之間的彼此殺戮，人肉炸彈對上飛彈戰車，不斷累積的仇恨變成無解的死結，近程的原因當然可以歸類爲美國的阿拉伯政策失當，但千年前仇視回教徒的十字軍又何嘗不是一切的起源？

仇恨這種特效藥，讓陰謀家在短時間內獲利，但其毒素卻往往可以影響數代的子孫在別無選擇的狀況下去仇恨別人。政客可以短視近利，可以只爲了當選而讓全民陷入嗜血的狂潮之中，但還有選擇權的一般人沒必要也跟著別有用心的他人起舞，因爲他人的仇恨而幸災樂禍的人則更是等而下之的傀儡。

說得清楚一點，不管是外省人、本省人、大陸人，都是先爲人之後，才屬於任何的民族、國家和屬地。如果少了這個爲人的特質，那麼我認爲要當哪裡的人、什麼人都不夠資格。總之，仇恨既然是人類本來就有的情感，那麼刻意否認它是毫無意義的。只是，在痛恨一個人、一群人、一個組織之前，你是否眞正認識這些人，讓你擁有痛恨他們的理由，這才是眞正的關鍵和重點。因別人的說法而恨，爲別人的情感而恨，這種仇恨不過是隨波逐流的螻蟻之輩所擁有的情感，絲毫不值得尊敬。

第四章

新世代遊俠發聲

可憐的電子新貴

我是中央大學電機系畢業的，但是後來走上不同的道路，沒有像大多數的人一樣進入科學園區。我當完兵之後就跑去公關公司上班，完全沒有經歷科學園區的洗禮，但是，幾乎我大學時代所有的同學全都跑到新竹去了，大多數的人進了科學園區，再不然就是在工研院服國防役。所以，我們每次同學會都必須要在新竹辦，不然除了我之外的其他人都會抱怨距離太遠。（最好我開車下新竹就不遠啦！咳咳，我是說這當然是我很樂意配合的一件事啦！）雖然這樣的交通往返對我造成了相當程度的不便，但是，難得這裡有個地方可以讓我寫一些東西，我想把握這個機會替他們說說話，讓大家可以用比較公平的態度去對待這些許多人十分羨慕，但其實相當辛苦的「電子新貴」。

灰暗的求學階段

好吧，我想我們就先從學校生活開始。讀文法商科系畢業的人多半不能理解這些電機系的怪胎過著什麼樣的生活。很簡單，從一開始，電子新貴們就和文組同學處在不平等的一個位置；大學生活中許多人都會快樂地憶起班對這樣的特殊文化，但是，如果不想加入同志圈，大多數人的班上缺乏可以選擇的對象。（是啦，我大學班上一個女生也沒有啦！）

當然，電子、電路、電磁和工數這三電一工也扮演著讓電機人陷入地獄的重要角色。這三電一工的特性就是不會有什麼報告、書報討論之類的活動，大部分是靠作業和考試來決勝負。因此，在其他科系的眾人快樂地享受著社團生活和查資料準備報告的時光時，可憐的未來電子新貴們必須絞盡腦汁去瞭解神祕的電路特性、砷化鎵爲什麼會有這種怪特性。不只如此，這些科目著重的是計算和理解，不管再怎麼死背都沒有用處，即使工數把方程式都背了下來，也不代表最後的題目能夠計算出來；就算答案最後計算出來了，也不代表會正確。在讀電子學的時候，就曾經有段時間助教是看整個計算過程來給分，因此，只要有了一部分的算式，就可以有一部分的分數。在那學期中，大概有七八次的考試，每一次只要拿到一兩分（是的，不是一二十分，而是一兩分）就可以贏過全班一半以上的人。這種一寸山河一寸血的誓死奮鬥過程局外人恐怕很難體會。

每到期中考、期末考的時候就更可憐了。由於幾乎所有的教材都是原文書，而遵照大學慣例，大家平常也是搞笑打混不準備功課，這樣一來，到了考試前一週時，就進入了全面戒備的最高狀態。前面也說過，這些課業重的是理解，所以全部的人都要在這兩週的時間內密集地「理解」所有的課程，如果半夜四點來到宿舍外面，就會看到其他科系的人全都呼呼大睡，電機系一排的寢室全都大放光明。二次世界大戰的時候，日軍曾經利用不准睡覺的方式來對俘虜逼供，未來的電子新貴們所承受的也是同樣的嚴酷考驗。因爲書是絕對看不完的，就算睡著也會作噩夢，所以鬧鐘就成了那段時間凌虐自己的最好道具；同寢室的人也最好相依爲命，彼此互相提醒，否則多半就會發生忘記起床而沒去考試的悲劇。

我記得最深刻的就是當時最害怕下午第一堂課的考試。因爲在身心極度疲倦的狀況下，剛吃過午飯的人其實是最脆弱的，有無數的英雄好漢就因爲一個午覺而一睡不起

（好啦，就是錯過考試，不是眞的死掉），最後必須含淚懇求教授。因此，爲了避免這個問題，可憐的倒楣蛋們都必須要帶著便當去下午考試的教室吃飯，免得在寢室睡過頭；當然，這個方法可以避免在寢室睡過頭，但是沒辦法避免在教室睡著。

慘無人道的兵役考驗

最後，即使在這樣可怕的折磨下終於畢了業，你還是有很可怕的問題要面對：當兵。資工、電機、電子這些和高科技比較密切相關的科系都要面對這個最要命的問題，當這群傢伙在部隊擦皮鞋和摺棉被的時候，外面的世界並沒有停止運轉，兩年的時間可以改變很多東西，原先學的C語言可能已經變成C＋＋、JAVA，當初沒學好的東西突然變成主流、晶圓技術從八吋跳到十二吋、testing的新技術和新方法又全部改朝換代了。是滴，政治學不會在當兵的兩年間有太大變化，英國文學也不會，可是高科技會，摩爾定律所描述的可怕進步讓每個當兵的高科技男都必須面對一個世代以上的落伍和差異。剛當完兵的男性腦中裝的東西跟排泄物沒有多大的差異，爲了討生活卻必須要立即投入科學園區接觸最新的技術，你能瞭解這有多痛苦嗎？

是的，的確有種東西叫作國防役，可以讓高科技的人才們過著比較輕鬆的生活，但是，早年這一賭就要賭上六年，現在雖然已經改成四年，但狀況並沒有比較好；即使國防役是進入私人企業，人家還是把你當外人看，因爲你根本沒辦法離職或是不幹，所以，這些雇主們就只有一個目標：把你操到死。你的上司、你的同事都會把工作全都推到你頭上，因爲你沒有拒絕的權利，萬一被公司開除，就是收拾書包回家去從頭當起大頭兵，許多公司就是抓著這個把柄，把一堆國防役的人操得死去活來。就算你進的是×研院、×科院，也不會過得比較輕鬆，上面的老闆照樣把你當外勞看，而且這次還得跟一大堆公務員打交道，搞得大家努力上進沒學會，只學到了怎麼和公務員打官腔。

科技從不來自人性

好吧，就算躲過了國防役的專業壓榨，在當完兵擦完鞋之後出來沒有變成豬頭，成功地進了科學園區，你眞的以爲這些電子新貴就開始爽歪歪的生活了嗎？錯！

在竹科沒有加班這件事，事情做完了才能走（當然，更沒有加班費），客戶趕起貨來訂單卯起來下，你就準備一批一批做到死。在創意或是廣告類型的公司中，昨天做太晚，第二天通常可以晚點到公司，但在竹科，很抱歉，你昨天晚上做到兩點走，回家頭一碰到床就睡著，第二天早上老闆九點還是照常要開會。想補休？你皮在癢嗎？

無塵室對空氣潔淨度要求很高，所以在裡面工作的人都必須穿上密不透風的防塵衣，看起來很高科技的樣子，許多公司都會拿這個景象作爲宣傳的招牌。可是，你知道穿穿脫脫那包住全身的防塵衣有多麻煩嗎？無塵室裡面當然不會有廁所，你也不能尿在防塵衣裡面，而你如果像平常一樣一小時上一次廁所，你大概今天就得加上兩三個小時的班，因爲事情會一直被打斷，在無塵室裡面穿穿脫脫進進出出麻煩到抽筋。所以，解決之道是什麼？少喝水，多憋尿。而且，在這樣不健康的生活之下，大部分時間都在中央空調的辦公室裡坐著，怎麼會有機會運動？星期假日光是補眠就來不及，還有什麼鬼時間運動保持身體健康！於是，這個所謂的電子新貴的身體就開始慢慢邁向毀滅……

根據《聯合報》的一篇報導，經常負責竹科團體健檢的新竹東元醫院在今年提出了許多警訊：園區員工團體健檢驗出，體重過重比例普遍在四到五成間，脂肪肝、膽固醇偏高比例平均超過三成，這樣就讓他們成了中風、高血壓、心臟病的高危險群。不只如此，還有許多竹科新貴因爲壓力過大，房事不舉而去泌尿科求診；同一篇報導中也提到了有不少竹科新貴因爲血尿的問題求診，這才發現已經得了膀胱癌。

好吧，就算身體被玩殘了，總該可以多賺一些錢吧？竹科的基本底薪其實不高，大學畢業三萬五，研究所四萬，一年賺個七八十萬就要偷笑得很高興了。竹科眞正被大家視爲金礦的原因其實是配股，在大量配股的狀況下，過去榮景的時候的確有人一年配股可以上千萬。所以，竹科現在有不少資深工程師上班都沒什麼事做，就是在玩股票，因爲他們已經徹徹底底賺飽了。

不過，和我同屆或更小的這些可憐工程師們根本不會有這麼好的運氣。先是因爲層層分紅分到最底層已經沒剩多少了，再來就是股票大跌的慘劇，讓原先數量就少的股票變得更不值錢。不過，就算不值錢也不無小補，總是比人家多那麼一點，但是，看看這陣子的新聞，由於整個會計體系制度的不同，原先竹科爲了慰留人才的分紅制度開始受到徹底地質疑；外資爲此而大賣手中的台積電、聯電股票，甚至公開表示照不同的標準計算，這些分紅讓各公司由原先的有盈餘，變成大幅虧損，等於是肥了員工，瘦了股民。你說，這樣的制度還能持續多久？

不只如此，誰記得有在報紙上看過科學園區發生過勞資抗爭嗎？沒有對吧？這不是很奇怪嗎？不管這些公司用什麼理由開除員工，園區的員工都會乖乖地收拾細軟離開，連對媒體都不敢抱怨。和台灣其他地區的勞工權高漲的風格完全不同。原因很簡單，園區根本沒有工會組織，連像樣的橫向連結網絡都沒有，這些大老闆們從過去到現在抱持的心態都是一樣的：我給的福利這麼多，你們不要廢話囉唆一大堆，否則小心完蛋。

或許有人會天眞地以爲：那爲什麼員工不向當地政府的勞工局抗議或是要求調解呢？說這樣想的人天眞絕不是沒有道理的，因爲科學園區的整個人脈結構是外人完全沒有辦法想像地特殊。簡單地說，在那裡面的高層人士彼此之間不是學長就是學弟，再不然就是以前的同事或過去的合作夥伴，基本上跳槽出來開業是理所當然的事，也經常有員工出來的開的公司又被以前老闆買回去的狀況，所以，任何人只要敢搞勞工運動，只要敢大聲爭取權益或是和老闆起衝突，那就不用再進園區了。基本上，消息一放出去，大概就等於整個園區對你下逐客令，不只新竹，南科和北部的相關企業多半也都會拒你於千里之外。正因爲這樣，竹科裡面監控員工信件的有之，找個小事開除腦後有反骨的員工有之，卻都沒有人敢起而反抗，因爲每個人都知道，要找到下個工作簡單，但要爭取權益卻是困難無比的。

被「抹黑」的新貴

這些所謂的電子新貴犧牲了自己的青春和血汗，替台灣爭取到了與人口不符的科技領先地位，然而他們的身分地位有比較高嗎？事實上正好相反。網路上、媒體上反而充斥著視這些基層工程師爲怪胎的論調。《Career就業情報》中就曾經有一篇報導列出了「高科技男的十大怪癖」，看在也曾經經歷這種訓練的我來說，眞是爲他們感到不平，忍不住要替他們辯駁：

1．**愛說冷笑話**：如果把任何人關在像園區那樣封閉的環境中，不給你任何的社交生活和休閒時間，不要說是冷笑話了，一般人可能連笑話都說不出來。而這就是園區的工程師所過的生活，要來試試看嗎？

2．**脾氣古怪**：交貨壓力和專業訓練，讓工程師變成了面對機器的專家。擅長和機器溝通的人很難兼顧人性的部分。不然，有沒有人要從廣告公司轉行程式設計？看看這些機器會不會覺得你脾氣古怪。

3．**悶騷**：園區的男女比例嚴重失調，平常工作環境中能看到的女性可能十根手指就數得出來。如果女性要抱怨這一點，要不要回想一下你第一次看到男生的情況？

4．**滿嘴專有名詞**：跟機器鎮日溝通的生活不只讓他們滿嘴專有名詞，可能連腦袋裡面裝的也都是。如果對自己的工作不熟悉，你是老闆，會要這種外行人嗎？

5．**撿貝殼哲學**：如果這輩子大概沒剩多少時間和機會與異性接觸，有任何人會輕易地和別人交往嗎？

6．**小氣**：景氣不好，說實話，園區附近的消費水準和台北不相上下，生活水準卻差異甚遠。節儉一點有什麼不好？

7．**不修邊幅**：等到你一天只有時間睡三四個小時的時候，你就會知道活命比較重要。不修邊幅？還記得穿褲子就已經很對得起大家了。

8．**喃喃自語**：每個工程師都在各忙各的，所有的系統都自動化，聯絡只需要靠e-mail，不養成自言自語的習慣，可能遲早要瘋掉。

9．**嗜電腦如命**：這是什麼年代了？不然要嗜算盤如命嗎？

10．**自閉**：啊，就沒人可以聊天，少說點話也不行嗎？

兵役

「只要全民繼續努力，不受外界似是而非言論影響，落實全民國防共識，國軍有信心和毅力確保台海安全，中共軍力在二五〇〇年都不能超越台灣。」

——中華民國空軍總司令李天羽上將

如果你是男性讀者，那麼，你不是未來會當兵，就是已經當過兵了。不知道當過兵的讀者看到這段話會有什麼感覺。坦白說，我覺得好笑，非常好笑。

到底靠誰保衛國家

在一個國家面對強大的敵人時，全民皆兵的兵役制度是有其必要性的，即使是犧牲國民的權益也無法避免，因爲這個國家必須要培養足夠的武力抵抗敵人的入侵，必須要訓練一群足以保護這個國家的戰士。但是，前提是「足以保護這個國家」這幾個字。我不需要做任何民意調查，也不需要引用任何數據，只需要請看到這篇文章的人，去問問周遭當過兵的人，看看「足以保護國家」這幾個字適不適合用來描寫應該肩負起這個任務的中華民國武力。

「東混西混一帆風順，苦幹實幹軍法審判。」這個順口溜只要當過兵的人都說得很習慣，因爲這就是軍中眞正黑暗的地方。我見過許多能力超群的軍官，但卻仕途不順，永遠無法獲得應有的官階，而很多只會逢迎拍馬的軍官卻竄爬得極快。在整個當兵的過程中，只有我最後一年的業務直屬長官是眞的讓人放心把捍衛國家的責任交給他的人，其餘的，我見到了太多恐怖的黑暗面。

整個中華民國軍隊的問題出在有太多思考模式不適合從軍的人被強迫逼進軍營中。

許多軍官入伍的原因是薪水多（軍校畢業之後的薪水收入遠超過一般的大學畢業生），又沒有花錢的機會，因此趕快想辦法進來忍個幾年，先撈一筆再說。簡而言之，以目前這樣的召募心態和作法，部隊只會召募進來許多社會渣滓中的渣滓，眞正的菁英即使進來了，也會被渣滓給排擠。既然連上面的軍官都抱持著打混的態度，下面的那些倒楣的大專兵就完蛋了。原因很簡單，既然自己要混，那麼當然要拉底下這些最便宜的廉價勞工當墊背，許多軍官該做的事情，最後都變成受過大專教育的士兵在代勞，也因爲這樣，產生了無數當事人想哭，旁觀者想笑的荒謬情事。「防區狀況三生效：驗證精實案」（http://mypaper1.ttimes.com.tw/user/truestory/）的作者楊維中所描述的就是這麼一段在外島的可笑故事。

楊維中在當兵時被分發到外島的工兵連，也正好遇到中華民國國軍的「驗證精實案」，而這個計畫的目標就是要讓部隊成爲「量小、質精、戰力強的一支鋼鐵勁旅」。不過，對於實際在基層部隊從事人事業務的他來說，這完全是一場噩夢。上級長官要求的全面改革，編裝表發到下級部隊之後竟然在人數上根本有錯，而基層部隊也不敢修改總部發派的錯誤編制，大家就只好因循苟且照著錯誤的東西一直做下去，休假、人令、兵資全都一團亂。基層部隊只知道用印表機不停地分割列印，做出又精美、又好看的表格來來面對上級長官的督導，而上級部隊有很多的資料卻是那些「不應該」專業的文書大專兵所處理出來的。網路上甚至有不少人在討論，一個部隊戰時最關鍵的防區戰備行動準據是某個大專兵自己寫出來的，某些戰術準則也是文書們開發出來的系統，聽到這些討論的人無不搖頭嘆息，你眞的覺得這樣的部隊足以保家衛國嗎？

志願役志願役，被迫當兵的人都美其名稱爲志願役，但其實根本都是不願意。對軍中的任何人來說，什麼都是假的，只有平安退伍才是眞的。過去有很多老一輩的人會勸說下一代的人說當兵是磨練，要當過兵之後才能夠成爲眞正的男人，但是，在實際當過兵之後，我可以用過來人的經驗告訴所有人：在軍中沒有任何其他地方學不到的課程，只有風氣更敗壞、官僚氣息更嚴重、打混摸魚更理所當然這幾件事是現實社會所比不上的。而且，在這種年代，軍中還是處在「合理的要求是訓練，不合理的要求是磨練」的骨董思考模式中，在這樣的折磨和對人性的抹滅之下，替整個中華民國軍隊製造了許多唾棄兵役制度的敵人。坦白說，軍中有許多苦幹實幹的模範軍人，但更多惡質的成員在役男們的心中留下了可怕、永遠難以磨滅的疤痕。

曾經在陸軍八軍團裝甲獨立第三九五旅一五一營當兵的王裕民，就因爲這樣的遭遇而自費出版了《約旦狂人在隘寮》一書（http://www.taconet.com.tw/armyarmy/）。書中明明白白地指控部隊演習造假，由於舊有的通訊器材根本不堪使用，因此長官指示部屬利用大哥大直接跟上級單位抄收電文，而大哥大的電話費還要自己出，甚至在訓練、驗收的時候還有裁判官放水勾結的情事。不只如此，他也還描述了基層部隊動輒以罰站處罰（每次兩小時，連續七天）看報紙、提早起床刷牙洗臉的士兵。這本書的字裡行間充滿了對軍官和管理者的恨意，也引起當時媒體的報導，但究竟是什麼樣的體制和系統，可以讓一個經歷過的青年如此痛恨他們？如果這體制眞是這樣，我們的社會到底是把每一代最菁英的一群人往什麼樣的地獄裡面推？

如果說這樣的抱怨只來自於那些志願役，被迫入營服役的一般青年，那有可能是兩種價值觀衝擊的結果。但是，如果同樣的抱怨和指責是來自於原先軍方的高級官員呢？這是不是代表整個兵役制度出現了問題？

「神仙老虎狗」網站（http://home.pchome.com.tw/world/chaoyisun/）是一名陸軍備役上校所架設的，由於他原先針對部隊改革所發表的評論不見容於陸軍官校的留言板，因此自己架設了一個網站。他自己在網站上表明了：「對於陸軍的態度不是恨，而是一種難以言喻的挫折以及失望。因此在論是非、無恩怨、不揑造、不洩密、不使用『絕對正面語句』或『絕對負面語句』的原則下，撰寫過往之軍職實務經驗談，以期達到『問題必須突顯，突顯的目的是爲了獲得有效的改善，而非造成裂痕』。」或許站長本身仍沒有完全絕望，但從留言板上一則又一則，來自於士兵、士官和軍官的抱怨和回響，任何人都看得出來這個部隊生病了，而且是非常沉重的病。這個網頁上也提供了很多其他軍職人士的建議、辯論和連結，只要花心思看一下，你就會明白，整個兵役，甚至是我國的軍事制度已經有了多麼嚴重的問題。

拉低台灣競爭力的罪魁禍首

危機處理專家邱強擁有世界上第一個危機管理公司，而他曾經在十六個國家處理過一千六百多場大大小小的危機，從三哩島核能外洩事件到波斯灣戰爭都是他手上的案例。二〇〇二年，邱強指示他旗下的危機管理公司針對台灣進行分析，試圖瞭解台灣目前所面臨的困境其緣由，在他的報告中引用了聯合國的數據：台灣人平均工作時數是全世界最高的，每小時工作產出量也高居前十名，但是台灣的競爭力，只名列全球前三十、只有美國的百分之六十；造成這樣不合理狀況的原因之一，就是兵役制度。據他表示，兵役制度讓台灣的男性把最寶貴、最有創造力的兩年時間花在當兵上，如果每個人的工作年限以三十年計算，那麼將這最寶貴的兩年時間浪費在軍中就等於減少了百分之十五的競爭力；對於電機系畢業的我來說，從周遭同學的遭遇中我深刻地體會到這個分析的確是一針見血。

根據摩爾定律，矽晶片上的電晶體數，每隔十八個月就會倍增，事實上，高科技業在理論和技術上的發展和演化更是遠遠超出這樣的速度許多。換句話說，當一名理工科系的年輕人剛從學校畢業，滿腦子正是當時最先進，最符合潮流的理論時，中華民國的制度卻讓這個最具競爭力和創造力的年輕人去學習如何把蚊帳和棉被疊好、如何把皮鞋擦乾淨、怎麼樣倒餿水、如何絕對服從、毀滅自己的自尊和創意。兩年兵當完之後，新的技術不一樣了，甚至連最基本的數學理論都不會了、忘記了，一切要從頭開始；很多高科技公司對剛退伍的人花費額外的時間訓練，讓他們重新「回憶」起原先所受的訓練和學術知識。甚至，這個國家花了二三十年培養出來的菁英，很有可能被兵役制度給親手毀滅（從一九九〇年到一九九四年，在沒有任何戰爭的狀況下，我國的軍隊中死了兩千三百五十五人，平均一天死掉一・四九人）。

台灣的軍人地位之所以低，其中一個重要的原因就是幾乎所有的男性都當過兵，很清楚裡面在搞些什麼骯髒的事情，你叫這些受過羞辱和踐踏的人怎麼用平等的態度對待軍人？本來應該用來捍衛國家的兵役制度，卻讓職業軍人蒙羞，讓國家競爭力降低，它眞的有存在的必要嗎？

「新人類即將出現，他們將如遊牧民族一樣在文明的曠野中遷徙，將由一個工作場所遷徙到另一個工作場所。這些新人類再也不願依附國家、也不臣服上帝，不願再服膺於軍隊、也不願再服膺於工作。」

——《工作遊牧族》（Jobnomaden），海涅（E.W. Heine）、Dieneuen Nomaden

網路趨勢

這篇文章出現在這本書裡的原因很單純，我一直想要寫這篇文章，資料老早就全部都收集好了，不寫可惜，但是找不到任何媒體願意刊登這種比較特殊的內容（其實也沒有什麼特別的啊！不過就是說實話而已），正好可以在這邊寫出來。

「性」創造的經濟奇蹟

自從網路泡沫化之後，如何利用網路賺錢，或是探討網路商業模式的文章似乎變少了許多。不過，有一個領域大家可能每天都在接觸，卻總以爲這方面的資料登不了大雅之堂，但其實，目前唯一穩定獲利，而且未來也將持續獲利的網路商業模式只有色情這個東西而已；證諸人類歷史，近代高科技的演變和推廣，有許多靠的竟然也是

這人類最原始的本錢：性。

根據澳洲《紀元日報》的報導，性從八〇年代開始，就成爲了新科技發展所必備的調味料和推進器。在八〇年代初期，SONY拉攏了眾多廠商推出了技術、畫質皆優的BETA規格錄影帶，但在一年之後，勝利也推出了新的VHS規格，這兩種規格之間彼此完全不相容，起初VHS錄影時間較長，但BETA不久之後迎頭趕上，兩派因此開始了全方位的行銷對決。在這場戰爭中，VHS於美國本土取得勝利的關鍵除了搶先推出四小時長度的錄影帶（剛好讓老美可以錄下一場美式足球），更和色情影片有密切的關係。話說當初色情業者正準備要尋求比較便宜而長時間的媒體介面（畫質當然不是那麼重要）來推廣色情影片，較爲便宜的VHS正好符合了這個要求，因此美國的色情影片業者開始大量採用這個規格，同時，大量的色情影片也讓剛打開市場的VHS錄放影機瞬間有了非常多的關鍵性軟體。於是，VHS獲得了這一開始的支援，讓它有了足夠的動量可以衝開封閉的市場，從而擊敗了在技術上占有絕對優勢的BETA規格。

科技進步的幕後推手

另外，雖然很多人不知道，但現今在全世界各飯店十分普遍的「Pay per View」（付費觀看影片），也是性產業率先開發出來的商業模式；最早的時候這套系統應用在飯店中慰藉無聊的客人，稍後也擴及到衛星電視的收費應用上。不只如此，根據倫敦的線上電腦圖書資料中心的研究顯示，網路上至少有八萬個大型的色情網站，它們所創造的收益是以十億美金爲單位計算的，遠遠超過電子商務的其他類別。「性」（sex）和「色情」（porn）目前依舊是所有的網路搜尋引擎上最熱門的搜尋主題，而在中文搜尋引擎中，這些色情關鍵字句也都是名列前茅。

舉個例子來說，在OPENFIND於二〇〇〇年發表的一份搜尋報告中，熱門關鍵字的排行上的藝人幾乎全是性感女星，川島和津實、憂木瞳等日本女星也名列其中。不只如此，除了這些藝人之外，色情關鍵字的部分還包括了寫眞集、馬賽克解碼、日本美女、性經驗、美腿、辣妹、檳榔西施、合成照、曝光、金瓶梅、S頻道、絲襪美腿全部都高踞領先排名；即使以OPENFIND後來推出的ＣＩＡ服務來看，在二〇〇二年十月六日至十二日這一週內，排名第一的關鍵字還是「寫眞集」。

同時，根據 Net Value 針對亞洲的香港、南韓、新加坡和台灣所做的調查，台灣的網友今年三月份花在色情網站上的時間平均竟然高達八八・三分鐘，而其中擁有最強大購買力的商務人士、管理階層又佔了百分之三六・一，僅次於學生的百分之三八・四；在日本推廣 i-MODE 的主要獲利模式之一，也是大量色情網站。而美國 Jupiter 機構也預估，美國在二〇〇三年的線上消費規模，預計將以視聽娛樂（六億美元）和色情網站（四億美元）為主要的重頭戲。換句話說，色情內容雖然不為一般社會道德所接受，但在科技的演進上，還是扮演了一個極端重要的角色。即使是以目前正在艱苦推展的３Ｇ技術來說，色情內容可能也是一個關鍵。大眾電信於二〇〇二年六月推出了日本ＡＶ女優圖片下載，每天吸引了將近兩百人的流量，單月的營收超過十七萬元；另一個「情色異言堂」服務在流量排行上也高居第六名，這兩者的營收佔了整體ＰＨＳ資訊使用費的一成左右。其他電信業者看到這龐大的商機，自然也沒有閒著，未來將會推出更多相關的服務。

這種整體的現象非常適合以英國《衛報》的一段報導來作為結論：「數年以來，這個事實都被當作一個骯髒的祕密隱而不宣：新的消費科技背後重要的推手之一就是性和色情。讓3G網路快速發展的需要已經把這個祕密赤裸裸地攤在陽光下。」很顯然的，《Playboy》也將是第一個順應這種潮流，提供手機下載圖片的大廠商之一。Playboy.com的總裁Larry Lux表示，根據他們所做的調查，這樣的服務光是第一年就可以有一百萬次以上的下載，「圖像化簡訊的需求自然讓Playboy.com成爲重要的資訊來源之一。」

說到《Playboy》，它的背後還有另一個推動科技進步的例子。資訊隱藏學是最近新興的學門之一，相較於其他密碼學門，它的關鍵特點之一就是隱藏資訊。換句話說，其他的密碼關鍵是在於演算法等數學層面，但這門技術關鍵卻是在於將重要資訊隱藏在圖片或是多媒體之中，以讓外人無法察覺的方式傳遞關鍵訊息，也有不少專家將這樣的理論轉爲浮水印的概念，用來保護著作權。有趣的是，第一個大規模採用這種技術的跨國集團就是《Playboy》。它在網路上提供的圖片下載服務中，針對每個使用者設定了一個隱藏而難以發現的浮水印，只要該圖片外流，原授權公司就可以藉由這個隱藏的浮水印來判斷出外流的使用者，並且藉此控告他。這個方法有效地創造了一個收費的商業模式，也讓這門科學有了商業應用的機會。

總之，這篇文章單純地只是指出網路眞正確實、穩定獲利的服務是什麼。有沒有人有興趣去實際嘗試，我就管不著啦！

台灣競爭力新解

「感謝神明，使我生爲台灣人。」

——台灣抗日英雄蔣渭水

大部分的讀者可能都跟我一樣，非常喜歡看日本的電視節目《電視冠軍》和《料理東西軍》。後者每次都會介紹兩種日本各地的農產品，看著那些專家辛苦付出的努力，以及所產出的頂級結晶，總會讓人覺得日本人好幸福，有機會能夠吃到這樣的美食。每次看完這些節目，都希望能夠在台灣看到同樣高品質的節目，也總是會想像台灣究竟是否也有這樣的專家，有這樣的頂級農產品。後來，在一次去法國的旅行當中，竟然被我意外地碰到三樣來自台灣的東西，不禁讓我興起了效法《料理東西軍》的豪情，花了一個星期的時間追尋這些東西的來源，還發現背後許多讓人驚訝的故事。

特別附帶一提的是，當初我爲《自由時報》寫這篇稿子的時候稿費不到三千元，但是光爲了拍照和購買樣品，林林總總就花了將近一萬五千元，但最後呈現出來的結果卻讓我覺得非常値得！因爲，好歹這是我爲了這塊土地貢獻出的一點力量！而且這也讓我明白到，許多政客掛在嘴邊的「台灣競爭力」，其實可能就隱藏在最純樸的那群人心中的「把事情做好」的這五個字之中而已！什麼兩兆雙星、什麼數位升級，都比不上認眞做事的一顆心！

面對WTO的祕密武器

經過多年的努力，台灣即將加入世界貿易組織。由於台灣的農業產品長期處在重重保護的政策之下，因此一旦面對大量、低價進口的他國農產品，許多專家都認爲我國的農業將遭受到致命的打擊。不管是消費者或是揮汗努力的農民，一時間似乎都失去了信心，惶惶不可終日，只是等待ＷＴＯ宣判台灣農業的死刑。

正如同許多故事一樣，當絕望籠罩大地的時候，黑暗中總還有著一絲光明，總會有默默無聞的勇者從不爲人知的角落挺身而出，拿著神兵拯救一切。台灣的英雄和神兵在哪裡呢？

1．燃燒生命鍛造的珍珠

在日本的料理中，「炭稱備長，米稱越光」，一道料理的關鍵有時就掌握在廚師是否使用了最高級的材料。產自日本新瀉一帶的頂級米種「越光」得利於清水沃土，成爲極端昂貴的米種，也成爲許多老饕和料理天王指定使用的食材。台灣有沒有足以與之抗衡的武器？有的，它是幾乎沒有人聽過的「益全香米」。

在法國第一次和這種有著特殊味道的香米邂逅之後，我當下就立刻想要知道這種米的名稱。不過，很遺

益全香米的檔案照

憾地，把它帶到法國去的長輩只知道購買它的地方，卻不知道它的名稱。於是，回到台灣之後我立刻跑了一趟通化街，花了兩個小時的時間，好不容易才在通化街底找到了這家看起來舊舊的米糧店（因爲一開始的地址給錯了，所以我整整摸索了兩條街，去了兩次才找到）。店家也表示這種米的價格不貴，只是數量非常少，市面上也沒人知道這種米，目前還在試種階段，幸好店家知道這種米的商業名稱叫作「益全香米」，於是我就大著膽子打去農委會詢問。

當時這款香米其實已經經過陳水扁總統的商業命名，照理來說農委會應該擁有相關的資料。不過，我的電話在農委會的各分機、各主任和各祕書之間轉來轉去，就是找不到任何相關的資料。中間還有人回答說農委會並不負責推廣這些東西，所以當然沒有資料！（媽的，純樸的農民不會行銷，農委會也不幫忙他們，那是要靠誰挽救台灣的農產品？）不過，幸好最後有一名經常四處考察的技正想起了這香米的開發地是隸屬於農委會的農業試驗所。我本來想要親自跑一趟，但是在實際詢問過之後，發現農試所位在台中縣霧峰鄉萬豐村，恐怕不是我在趕稿期限之內來得及抵達的地方。

於是我又透過網路查到了電話，在幾經輾轉之後，終於找到了曾經負責過這個相關計畫的楊小姐。透過楊小姐的慷慨協助，我這才拿到了許多益全香米的資料和照片。在翻閱了許多技術文件之後，事實讓我感到十分震驚，不只是震驚於台灣竟然有人這麼流血流汗地爲了改進這塊土地而奮鬥，更驚訝於這樣的好東西竟然不爲人知！在我當時寫稿時益全香米不爲人知，更讓人感嘆的是，一年之後，還是沒有多少人知道這種品質極佳的香米！這叫人怎麼不生氣！

益全香米的母系血統來自於日本北陸農業實驗場改良自頂級越光的品種「絹光」，絹光米擁有越光米幾近完美的外觀，同時也繼承其食味極優的特性；父系血統則是來自於一九九〇年誕生於花蓮區農業改良場的「臺農四號」，獲得了獨具一格的香氣。開發益全香米的過程歷時九年，小組負責人郭益全博士投注了全副心力，才克服了種種的困難，在上市前三個月，他卻因爲勞累過度而心肌梗塞過世；說這一粒粒珍珠般的香米中有著郭博士的英靈並不爲過。光從技術面來

品米？香米天然的氣味如排山倒海般湧來。
（攝影／劉仲栢）

看，益全香米育苗時間短、需氮栽培量低、耐寒性優異，對稻農來說的確是絕佳產品。

拿起一撮開發代號爲「臺農七十一號」的益全香米，除了它渾圓飽滿的外觀之外，更讓人驚訝的是那一陣陣撲鼻而來的濃郁香氣。一瞬間，那香味彷彿讓人進入了一間甜美飄香的烘焙房，在第一陣強烈的震撼過去之後，才能夠仔細品嘗出這是一種混和著奶油的香醇、桂花的高雅芬芳和甜芋美好氣味的交響樂。是的，它擁有來自於大自然的完美魅力，足以讓聞香師也流連忘返，而且，這種氣味即使經過烹煮，也不會消褪；想像一下，有這樣的氣味飄揚在用餐的地點，這是多麼美好的感覺！在國際間引領風騷的印度**Basmati**香米和泰國**Jasmine**香米可說只能伏首稱臣，根本沒有還手的機會。不只如此，它在烹調之後的口感、色澤、光亮和彈性上更是直追越光米中的王者「越後米」。另外，益全香米在破壞環境的重氮肥施作下容易倒伏，等於是間接遏止農民破壞地力，還兼有環保的效益。

三大頂尖菜系之一的法國菜雖然不常使用米食，但最受法國人歡迎的泰國香米一公斤卻可高達二三十法郎（大約一百至一百五十新台幣），擁有益全香米這樣的品種，攻城掠地，打入國際市場指日可待。很遺憾地，在我寫完這篇稿子之後大約半年，泰國茉莉香米開始以高價進入市場，銷售量相當不錯，但益全香米依舊默默無聞。不只如此，無意之中我在報紙的小角落還發現了一個小小的，和它有關的新聞：益全香米的種苗據說已被短視近利的掮客偷偷運至大陸栽種。這是誰的錯？政府？農民？我找不出答案。

2．急凍黑俠

所謂的「椎茸」其實就是香菇的別稱，在法國被稱作「黑鑽石」的珍貴松露本身也是蕈類的一種，每磅價格大約一千四百美金，貴得讓人咋舌。台灣在菇類生產上其實一直扮演著世界級的角色。一般來說，香菇可以入菜、可以燉湯、可以清蒸，但其實，椎茸也可以拿來當作甜點，沒有聽過吧！

起初我照著法國抄下來的菇類合作社的名稱試圖聯絡他們，想要知道更多有關這種香菇甜點的資料，但透過長途查號台卻發現這個單位根本沒有登記，搞到最後只好親自到光華商場旁邊的希望市場跑一趟。第一次是非假日，那邊沒開門，第二次才好不容易買到了這樣東西。向攤位的工作人員表明了我採訪的意圖，不過即使是採訪，他們也堅持不能送我樣品，於是我就掏腰包買了兩盒。

一場高雅的下午茶，除了和風甜點、高級巧克力之外，正中間的是只有台灣才有的頂級特產。
（攝影／劉仲栢）

如果今天是任何有商業頭腦的公司，遇到有媒體想要採訪，一定是忙不迭地配合；但這些人只是純樸的農民，對他們來說關心的是能不能多賣出一兩罐的蠅頭小利。我掏錢掏得心甘情願，眞正讓我覺得不爽的是竟然沒有任何單位站出來幫助他們，協助他有效率地推廣和行銷。這在我稍後打電話跟他們的產銷班負責人聯絡之後有了更深的體驗。這種產品的製作過程並不複雜，但在長途電話中對方用著不流利的口才解釋了快一個小時我才弄懂，如果今天我不是爲了熱情來作這條報導，可能早就摔電話放棄了。不過，抱怨歸抱怨，還是來看看產品本身吧！

要製作這種獨特的甜點，首先必須挑選在嚴格的溫濕度環境控制之下成長的香菇和袖珍菇，由於考量到食用的方便，其尺寸也不可以太大。接著，在採收下來之後，先進行殺菌，再浸泡於果糖中，接著利用眞空技術驅走大部分的水分，但又不至於讓其乾癟而全無嚼勁，最後的成果就是一塊看起來毫不起眼的黑色甜點。

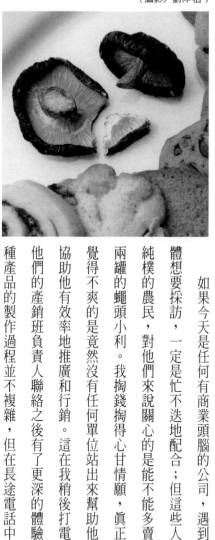

但是，如果因其外型而就小看它，那可就大錯特錯了。一口咬下，香菇的天然甜味和香氣瀰漫口中，與其黑摸摸的外型構成強烈的對比；酥脆的口感和最高級的手工餅乾不相上下。除了添加調味的果糖和鹽之外，它幾乎沒有任何的添加物，熱量也低到難以想像的地步。你能想像一種和頂級巧克力一樣讓人難以抵抗，卻又不需擔心卡路里的零嘴嗎？它就是你的解答。

3．金黃神祕的夢幻佳釀

在世界的白蘭地生產中，法國算是執牛耳的一個國家。在一九〇九年，法國爲了保障國內白蘭地的競爭力和品質，於是頒布了法令，嚴格規定生產區域、葡萄品種及蒸餾方法，如果不符合規定就不能冠上地名。而有酒中貴族美名的干邑白蘭地就正是符合這些規定，而套上干邑地名的頂級產品。

台灣有沒有這樣的產品？其實是有的，在中部地區一帶本就盛產專供釀酒的低糖分葡萄，而埔里一帶的水質在酸鹼度和口感上也符合最嚴格的要求；因此，在政府即將開放果農釀造葡萄酒的此刻，市面上已經出現了不少偷跑的「實驗性產品」，而爲了避免觸法，它們多半套用的是「露」或是「釀」的名稱，避開這方面的嫌疑。

我是在法國喝到其中喝過最好的一種，名爲「X・O葡萄釀」，回來台北之後卻遍尋不著，讓人十分遺憾。根據機緣巧合購得此酒的友人表示，這款神祕美酒是在中部地區的果農自行研究，利用釀造出來的白葡萄酒經過二次蒸餾之後才可得，大約八瓶白葡萄酒才能夠蒸餾成一瓶白蘭地。在這之後，釀造者則是將其放入購自國外的陳年橡木桶中，蒸餾後的白酒會從木桶獲得金黃色，而酒精濃度則逐漸減少，變得更爲香醇。

初見此酒時，其外型包裝眞是樸拙到不行，甚至讓人聯想到童年時的彈珠汽水，但其入喉的口感讓我驚爲天人：溫和醇厚而不辛辣，更夾雜著一股成熟的果香，彷彿一陣輕柔的微風吹來，溫暖的陽光灑滿全身，這時，我才眞正體會法文中盛讚白蘭地爲「生命之水」（eau de vie）的眞正涵義。這，才是台灣獨有的生命力，也才是眞正能無視於於賤價傾銷的手法，台灣的眞正競爭力。

台灣的生命力，台灣的生命之水，足以和各國頂級名酒一較長短。（攝影／劉仲栢）

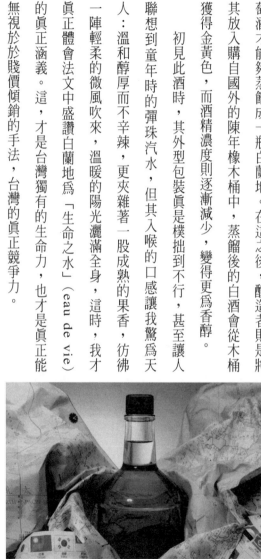

找尋這種民間釀的酒並不困難，但讓人感慨的卻是後續的發展。在加入ＷＴＯ之後，農產主管機關只知道輔導農民利用生產過剩的水果釀酒，卻沒有教導他們如何取得執照和合法釀酒，於是，在眾多農民花了許多功夫購買釀酒器材和技術之後，取得執照的卻被課以重稅，導致產品一點競爭力都沒有；而沒取得執照就被當作私釀米酒牟利的私酒商加以取締，甚至必須要面對處罰。政府就是用這樣的態度面對台灣僅存的競爭力，叫人怎麼不擔心！

附錄一

台灣流行服裝界的競爭力

——專訪《芙蓉坊》創辦人林俊堯

爲了替台灣開出未來的處方，我試圖將觸角伸到完全不熟悉的領域去。雖然我沒什麼流行細胞，但是對服裝和設計業這類有非常強大智慧經濟發展空間的產業相當有興趣，於是我開始尋找這行業中的達人。剛好我之前去巴黎時曾經接受過一位這領域的前輩招待，於是我立刻將腦筋動到他的身上。

《Phoebes芙蓉坊》是一本專業的流行資訊雜誌，創辦人林俊堯先生從流行雜誌開始進入這個業界已經有二十一年了。爲了將整本雜誌的風格做得更好，十二年前台灣第一套桌上電腦排版系統就是爲芙蓉坊開發的，他們因此曾經跨入軟體業多年，目前還用自己的出版系統編排芙蓉坊雜誌。平常林桑都在巴黎、米蘭、北京之間往來，參加相關的秀展或是實地取材，他在各地也都有固定的住所，因此，要遇到他的確是需要相當的機緣。不過，這次我運氣蠻好，剛好他短暫回台停留四天，採訪之後三天他就要再前往米蘭。於是，台灣的競爭力和缺陷就在這位達人的分析之下毫無保留地呈現了出來。

服裝品牌代理、代工的危機

訪談一開始，林桑就語重心長地以一句話作開場白：「東方人不太肯投資品牌。」從過去的整個發展過程來分析，台灣的製衣界能力從最早的摸索，到品質提升的ＯＥＭ（代工），甚至進到下一步的ＯＤＭ（代設），在在都代表著台灣擁有扎實的製作能力、豐富的設計創意及巧思。但是，在擁有自己的品牌這最後目標之前，台灣卻一直徘徊遲疑。林桑認爲其中一個原因就是代理和代工的誘惑太大，代理不需要花太多的行銷力氣就可以接受一個品牌的國際形象，並且輕鬆賺進大筆鈔票，而代工更是不需要花費腦筋，只要大批訂單進來，工廠全力運轉就可以獲得非常大的利

圖片提供／芙蓉坊

潤。

這些表面上看起來輕鬆入袋的收入背後卻隱藏著相當大的危機；林桑舉了幾個代理的例子。日本的流行時尚圈是個相當崇尚外國品牌的環境，因此早年代理是個相當興盛而且賺錢的行業，但是這些授權的國外公司自然也不是笨蛋，等到環境成熟之後，他就會自己進入這個市場，並且取而代之。當初日本的的Prada引進者花了相當大的一番功夫才把這個金字塔頂端的品牌介紹進日本，但Prada在日本大受歡迎之後，原廠商立刻親力親爲，自己跳進來接手這個成果，而當初成功引進Prada的代理商受此打擊，當下醒悟，於是開創出一個屬於自己的品牌Anteprima，並在米蘭重新打基礎。

同樣的事情當然也不會僅限於日本。香港最著名的時裝零售業Joyce Boutique就是一個深受其害的例子。Joyce Ma（馬郭志清女士）在時尚業界擁有極爲獨到的眼光，早在二十年前，她就引進了Giorgio Armani、Issey Miyake、Comme des Garcons、Yohji Yamamoto這些赫赫有名的品牌，八〇年代中期，她又慧眼獨具地引進了Jil Sander、Dolce & Gabbana，更創造出一波新的流行。但即使是這樣的沙場老將也躲不開同樣的命運。Joyce Boutique皇冠上的寶石Giorgio Armani占了他們全體總收入的百分之三十，這個最重要的品牌一脫離，立刻造成股價大跌百分之八，隨即更被會德豐收購。台灣的小雅代理Christian Dior同樣也做得有聲有色，但最後依然被國外的原廠直接取而代之。

林桑說，這是全球代理業同樣的危機，因爲這個行業的遊戲規則就是如此。而代工業則是不停地壓縮獲利，卻沒有讓智慧經濟介入的空間。低廉的生產成本是任何地方都可隨時取代的，越南、大陸，對於這些國外廠商來說不需要有任何的忠誠度，哪裡便宜就往哪裡去，這樣一來，代工業的遠景也顯得相當悲觀。

流行業界的逆滲透

但在這一片黯淡之中還是有相當的希望，林桑舉了日本財團Kashiyama Ohward作爲例子。他們花大錢買下了Jean Paul Gaultier品牌，表面上還是以Gaultier當家，但通路則由日本人安排，整體後續的布料和設計都有日本人參與；同時，他們安排許多十八到二十歲的日本學生去進修設計，透過財團的管道全力資助他們，有些日本留學生甚至可以拿到諸如Galiano等大師的手稿，他們確實比其他人擁有更多的設計資源。除此之外，日本財團更安排剛起步的新生代設計師去各大品牌當助理，在經過這樣的歷練之後，日後再看機緣開發新品牌。所以，即使目前日本的經濟極端萎縮，但他們已經成功滲透流行產業的各個角落，構成了相當綿密的情報網，未來只要日本經濟復甦，重入江湖的威力就不是你現在所能想像的了。

林桑對這樣的演變一方面感到敬佩，一方面卻相當無奈。因爲早年他就曾經把這樣的計畫提給紡拓會，但許多人眼光短淺，做ODM、OEM習慣了，完全沒有這樣的魄力和眼光，導致台灣眞正有實力、有財力的集團不願意跳進來，只想等著接OEM的大訂單，坐享其成。韓國目前正如火如荼地推廣小米蘭計畫，台灣也曾經風火一時地推動小歐洲計畫，在杜賽道夫、米蘭、巴黎和大阪都開設了設計中心，但在成效不彰的狀況下，米蘭的設計中心也關閉了。

一年中有近半年待在歐洲的林桑說，其實米蘭有相當多的小設計師、小公司，如果

能夠有台灣資金投入，利用日本商社相同模式操作，開始慢慢經營，安插台灣的設計師觀摩進而參與設計，那麼將來就有很大的機會可以利用義大利在設計上的文化優勢，重新進攻全球市場。而除此之外，紡拓會由於缺乏財團支援，根本無法行銷台灣設計師；許多設計師長年寡占市場，姿態過高，財團更不屑於接觸，而在面對國際媒體時，卻無法開口以外文跟他們溝通，導致根本無法走入國際舞台。這些都是林桑眼中台灣設計業界的危機，但實際上都很有機會改革的。

從布料開始打進國際市場

林桑再把焦點轉移到布商這方面，他表示台灣其實有相當多的布商可以用極合理的價格生產出世界頂級的布料，但是由於媒體對此不夠瞭解，布商也心甘情願地「惦惦吃三碗公」。有開發能力的廠商，在看展時常會告訴他，這幾塊布是他們開發的，只是一直安於處在幕後，缺乏走向幕前的企圖心。可是，也有許多打帶跑的布廠老闆是業務出身，因此不願意投資研發經費，每次出國看展都是想辦法copy，甚至利用反轉工程（Reverse Engineering）來製造出一模一樣的東西，只要了解最新布料需要用到什麼設備的機器，需不需要再花錢投資或改改機頭即可，至於樣式，自然有外國買家拿布樣要求他們仿製，因此台灣的布商層次差異極大。前一陣子當大部分專事copy的外商把訂單轉發中國大陸之後，台灣這邊的低階布商確實受到相當大的打擊。

不過，林桑參加了去年到今年的幾場布展之後，也發現了新的契機。許多世界最重要、最大的布展原先都只限歐盟的成員和美國的廠商參展，因此每年台灣的廠商都只能夠透過代理商把新布樣送進展場，即使外商認爲這樣的產品相當好，訂單中也必定會被抽掉相當大筆的佣金。「九一一」之後美國市場大幅萎縮，美國人不願意出遠門，許多靠美國吃飯的廠商支撐不住了，連歐盟不少國家也受到波及，加上來自ＷＴＯ的壓力，因此，今年布展破天荒地開放了亞洲廠商參展。這一年來主辦單位都相繼突破開展以來的禁忌，接受歐盟以外國家的參展申請，根據林桑私底下詢問，一些腳步夠快的台灣廠商，在突破限制之後，布展上接單狀況都相當不錯，可說是台灣紡織業一個新的契機。

綜合林桑這位流行業界達人的看法，雖然台灣目前面對著相當多的問題，但其實這樣的危機就正是大刀闊斧改革的轉機。依照日本商社的運作模式，只要有財團願意開始經營自己的品牌，那麼至少還可以保住台灣在設計界未來五年、十年發聲的機會，到那時，新生代的設計師們出頭，目前的投資才會慢慢開始回收。台灣擁有成本計算和生產最有效率的深厚基礎，只要能夠把設計這種靠的是創造力和智慧的概念引入台灣業界，未來還是很有發展希望的。

有遠見的人很多，但擁有資源，卻又擁有遠見的人少之又少。擁有資源的人們，你們聽見了嗎？

附錄二

自由而不孤獨

——專訪「黑秀網」站長唐聖瀚

未來會是個人機動性遠超過龐大企業體的時代，也會是大量的outsourcing取代固定聘用員工的時代。但是，每天朝九晚五固然無聊，鎮日在家自己安排時間的ＳＯＨＯ族卻也未必輕鬆。我自己目前就算是一個沒有固定需要上班工作的ＳＯＨＯ族，有很多上班族會羨慕這樣的生活，但ＳＯＨＯ族確實也有相當大的困擾。

每天固定時間上下班的確相當一成不變，但在家工作卻必須有更強大的自制力。原因很簡單，工作流程、時間、穿著全都自己安排，沒有老闆會管你是不是穿著內褲工作，但，相對於不需要打卡的自由，卻也代表著沒有人監督、沒有人壓迫；萬一遇到了低潮期，在沒有同事和上司的情形下，很有可能一路墮落下去，不可自拔啊！而且，沒有老闆沒關係，反正各地的客戶都可以當作老闆，但沒有同事問題可就大了。首先，缺乏八卦，這是人類日常生活很重要的調劑，少了這個就會覺得人際關係運轉不順，但幸好這可以透過《壹週刊》來解決。不過，第二個問題就比較大了，沒有同事，也就減少了接觸新事物的刺激，時間一久，思考模式就會慢慢僵化和老死；這點透過大量的進修和行程的仔細安排雖然可以避免，但依舊是個大問題。

設計人的自助網路社群

雖然SOHO族的確是遊俠世代工作的一個趨勢，但如果不能夠解決這樣的問題，整個趨勢的走向就成了一個死胡同。因此，我希望能夠爲這樣的工作模式找到一個解答。於是，我找上了黑秀網（www.heyshow.com.tw），一個專門爲了視覺和創意設計工作者所設計的網站。原先以爲站長黑先生是一個全然陌生的人，但沒想到多年前我出版的小說竟然就曾經委託他的公司設計封面。既然如此巧合，我就再度親自前往他的公司，看看是否能夠爲這樣的生活和工作模式找出一個完美運作的方案來。

站長黑先生其實本名叫作唐聖瀚，是北士視覺設計公司的負責人，他並不是眞的姓黑啦！這個讓眾多設計者們聚會的網站其實是他和幾名股東一起湊錢建立起來的。當時，設計社群的成員還是以協會爲主體，但這個協會也正因爲長時間擁有非常多的資源，導致欠缺活力，許多時候根本陷入了近親交配的困境，比賽都是自己辦、自己參加、自己得獎，甚至原本爲了讓非業界人士能夠有一個觀看作品、直接和設計公司接觸的機會而出版的《設計年鑑》，到後來，設計公司不只要提供作品，更還必須付出一筆不小的費用。

唐聖瀚覺得這種中央集權的體制對於創意事業來說是種最大的扼殺和危機，所以他和幾個股東湊了兩百萬，決心透過網路和社群的支援，試圖達成和圈內人交流及自助的理想。至於站名爲什麼會叫做黑秀網？唐先生半開玩笑地說：「我們這樣的網站本來就是圖片很多，流量很大，爲了希望日後能夠像色情網站一樣地賺錢、一樣地穩定，當然必須取個情色一點的名字！」

要瞭解黑秀網，就先從一些數據來著手吧！黑秀網成立於二〇〇〇年四月一日，主要目的是希望提供一個創意工作者聚會和交流的空間。黑秀網目前分爲十一區，分別是平面廣告設計、攝影設計、插畫設計、網頁設計、多媒體設計、工業設計、室內設計、

３Ｄ動畫&影片、Flash動畫、MIDI作曲以及其他類別區，每個從事創意工作的公司或是個人，都可以擁有十一頁的免費網頁來置放他們的作品。截至目前爲主，黑秀網的註冊會員大約有兩千多人，每天的造訪人數大約是一千八百人左右，最高的時候的每秒流量可以高達一六二〇bits。而在使用者的比例上，二十五到三十五歲的使用者占了超過一半以上，三十五至四十歲占百分之十八；大部分的使用者是以平面設計爲主，網頁設計次之。

訪談進行到一半時，唐聖瀚聊到了目前產業升級所面臨的困境，他也以創意人的專業角度舉了幾個値得深思的問題。在面對台灣的產業競爭力無法提升的狀況時，政府往往提出的解決之道都是靠硬體，要藉著多少的預算來購買先進設備等等，但在他的眼中，產業升級的關鍵完全在於軟體。說到這個話題，他拍拍所坐的椅子，直接以它來舉例。製作家具基本上材質不會有太大變化，對於消費者來說，最基本的考量就是材質：划不划得來，値不値得，夠不夠便宜，耐不耐久，完全是非常菜市場地，買菜送蔥、挑三撿四的風格。但是，一旦這個商品改以設計爲主導，這時判斷的重點就是「喜不喜歡」這個抽象的標準；一旦喜歡，一擲千金而不後悔，這就是設計最重要的影響力。

唐聖瀚更指著拿來作簡報的蘋果筆記型電腦Ipaq說，它的設計感、流線造型非常漂亮，在各國的專業設計雜誌上都獲得相當高的評價，或許大家不相信，但這部電腦其實是廣達代工製造出來的，只是錢被蘋果給賺走。換句話說，台灣現在其實就擁有世界級的技術和水準，只是缺少自己的品牌和設計的概念，才會變成永遠只能在價格上斤斤計較的ＯＥＭ代工之國。而這也是智慧經濟眞正關鍵的影響力，台灣目前卻十分缺乏。

真正的資源交流與分享

話題又轉回到黑秀網，其實在國內看到ＳＯＨＯ族趨勢的也不只有這一個網站，但以我的觀察來說，眞正互動比較密切的還是黑秀網。唐聖瀚的概念可能就是其中的差異所在。他認爲，不少ＳＯＨＯ族成立自己的工作室，開始單打獨鬥的原因就是受不了大體制的僵硬和缺乏變化，換句話說，他們需要的不是和以前一樣的大公司、大體制的中央集權系統，不需要有更多的老闆心態來壓制他們；坊間有許多的ＳＯＨＯ族工作網頁就是用這樣的心態：我這邊有資源，你來就對了。但其實這些網頁並沒有營造出ＳＯＨＯ族最需要的人味和感覺。黑秀網意圖切入的角度就是希望以同好的方式和ＳＯＨＯ族站在同一邊，因此，這裡就成了一個同好聚集、彼此分享的地方。

在網頁上經常可以看到這樣的文句和留言，妙趣橫生中道盡了創意人的辛酸。

設計師最討厭的九句話

http://www.heyshow.com.tw/tips/usertips/TipDetail.asp?id=118

①啊！很不好意思，我還沒有時間去匯款ㄟ～（夜叉）

②ㄟ～那個美工過來一下，這個顏色我不喜歡，可不可以馬上幫我改一下？（吳老）

③我們公司這麼大，做過我們的案子，以後會有很多人找你。（GG222）

④我們案子很多，這次做的好，以後都給你做。（GG222）

⑤沒感覺耶，我也不知道怎麼說，你是專家應該懂我的意思。（GG222）

⑥沒簽約沒關係，下禮拜一才上班，這東西星期天能給我吧！麻煩你了。（今天星期六）（Peter Lin）

⑦人家以前印刷廠都沒跟我收設計費耶！（吳老）

⑧我們董事長後來覺得包裝沒有必要換了，所以這個案子先停下來吧～（FY17）

⑨文字跟構想都是我提供的，你只不過是配張圖排一排，爲什麼那麼貴?（投稿）

文字雖然簡單，卻可說是凝聚了這些創意人多年以來所經歷過的體驗和感受，許多後進者自然能夠從這些看似戲謔的文章中獲得很多不可言傳的甘苦。除此之外，對於設計創意人來說，最大的問題往往是客戶要求比稿時自己的權益保障。對許多公司來說，比稿固然是要求品質和展現實力的一種合理要求，但對設計者來說，卻是一個非常可能白白付出設計心血和功夫的狀況。唐先生就認爲，這世界上沒有裁縫師會試作衣服給人家穿，也沒有畫家會先試畫給人家看，比稿只不過是在不合理環境中的一個怪異產物。在黑秀網裡面有很多關於這方面的經驗分享，讓許多新進的創意人能夠直接瞭解這一行中所謂的行規。像是比稿費或是錄取原則等等，這些都是菜鳥們沒有機會一開始就瞭解的，不過，在這個社群中卻可以輕鬆獲得前人整理出來的經驗，甚至有相關的狀況也可以隨時在留言版上討論。

當然，交流也不僅限於軟體方面。在硬體的使用技術上，因爲有許多軟體是創意人共同必須使用的道具，但它的複雜程度卻又往往連台灣的代理商都搞不清楚。有許多強人自力更生地想辦法摸懂了其中的許多竅門，而這時，網路資源共享的優點就顯現出來了。黑秀網上甚至還有廠商聘僱對應用軟體極爲瞭解的內行使用者來回答相關的問題，因爲他們在使用經驗上絕對超過一般的客服人員，而這也正好讓使用者能夠從使用者的口中獲得回答，柔化了大企業不可接近的形象。

而商機的部分當然更是交流的一個重要特色。對於創意人來說，過去接案子往往會面對資源不足的困境，客戶想要省時間，可能準備把平面設計、網頁設計、動畫全都一併解決，但除了超級大公司之外，恐怕沒有多少單位可以一次滿足這麼多的要求。過去都要靠著人脈來想辦法湊到工作團隊，而這對於不是很喜歡出門或是浪費時間交際的SOHO族來說其實是最頭痛的一點，也往往因此而錯失掉不少案子。不過，藉著黑秀網的社群，這些創意人們現在可以彼此相招，在網路上直接找到和各自的能力互補的成員，並且進而組成新的團隊。過去的飯局和交遊全都省了，大家各取所需不是很好嗎？當然，如果你是客戶，要直接在黑秀網上搜尋也是沒有問題的啦！

除此之外，這個創意社群的自我約束力和自制力也是很強的。某大食品公司曾經推出一款裡面有凝膠顆粒的飲料，其外包裝設計看起來相當有新世代的感覺。但是過了不久，黑秀網上就出現了平常有在固定收集國外產品包裝的網友提出的照片比較。這產品竟然看起來和國外的某款飲料非常相似！經過諸多網友討論之後，幾乎每個人都給了抄襲的定罪。而且，過不了多久之後，該公司也從相關管道得知這個消息，產品立刻重新包裝再推出。這對於創意人一直深惡痛絕的抄襲問題來說，可說是一次社群發揮制裁力量的良好典範。

另外，黑秀網固定舉辦的活動也非常地有趣。就以「垃圾桶的創意」這個活動來說，二〇〇〇年有二五八件作品報名，二〇〇一年有七八一件作品參賽，算是大家參與相當踴躍的活動。爲什麼會有這一項活動呢？原來是許多創意人之間流傳著一句：「垃圾桶裡面的作品才是最好的成品。」因爲創意人在面對客戶的限制和考量時，經常需要做出讓步和妥協，而那些最不受常規限制、最創意奔放的作品往往必須被犧牲和修改到符合規定的結果，這個活動就是爲了讓這些垃圾桶裡的創意能夠有重見天日平反的機會。的確，參賽作品中有許多在創意和展現的視覺風格上，完全不輸給我們在世面上看到的最後成品。從後面的這幾張圖片，大家應該就可以有一些清楚的概念了。

作品名稱　【馬取】不要說髒話

作者姓名　Dai

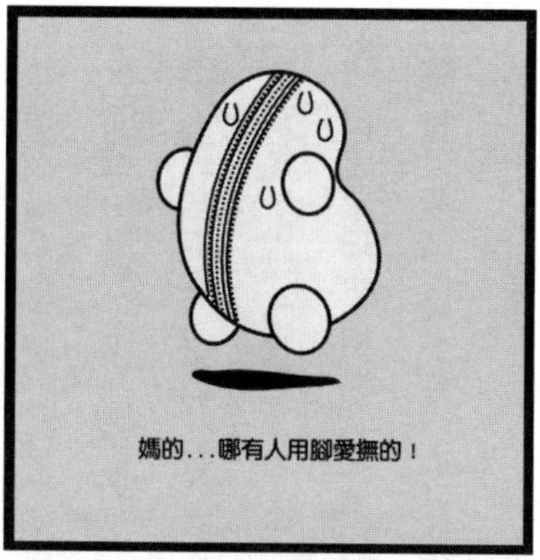

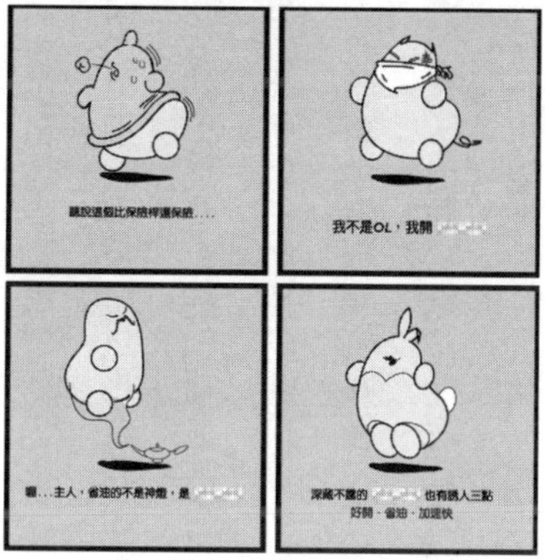

圖片提供／黑秀網

這個是某款知名可愛小車的廣告提案，整體風格相當叛逆，但也讓我覺得很有創意，開發出馬取不同風格的一面。不過，客戶是以馬取的血液裡面不能有壞血球的原因捨棄了這些提案。幸好有這樣的活動，這些有趣的概念才有重見天日的機會。

當然，說了這麼多，大家也必須面對一個殘酷的現實。黑秀網的確是個很理想的環境，但唐聖瀚也很無奈地承認，目前它還沒有開始賺錢。當初在網路大熱門的時候，也的確有很多創投業者捧著鈔票上門來，但對於網站的發起人唐聖瀚來說，他不想太早把這個還未完全成形、還未探索過所有可能性的社群給交出去，因此，他還是繼續擔任網站上回答一切、管理一切的黑先生。他很清楚創意人所面對的處境：在年輕的時候必須要付出大量的精力、體力，等到年紀稍長，公司可以很輕易地以成本問題將中年的創意人取代掉，這時，這些爲公司付出一切的人能夠何去何從？黑秀網等於是未來保留給這群創意人的最後一個淨土，希望能夠成爲他們將來的歸宿。網站經營的道路還長遠，只要有網友的支持，相信黑秀網會繼續傳承下去的。

我選擇以黑秀網的訪談作爲整本書的結尾不是沒有道理的。我很喜歡黑秀網的精神「自由，但不孤獨」。在整個遊俠世代誕生的陣痛當中，我們需要的就是這樣的精神來讓整個社會繼續進步。新一代的人們需要自由，需要廣大的舞台來探索更大的空間。但遊俠們更需要彼此之間的支援和聯繫，來創造和產生出更精采、更華麗的戲碼來。未來，是屬於自由但不孤獨的遊俠世代！

INK

打電動玩英文

朱學恒
著

打電動玩英文
CONTENTS

和英文和平共處

我最不喜歡看那種教人家「學」什麼東西的書了，漫畫、雜誌我都可以看得很高興，但一說到幾天學好×××，或是×××快速學習法這種東西就讓我頭暈腦脹。

所以，這本書的目的不是要教你征服英文、打倒英文，更不是要教你學好英文，而只是簡簡單單地教你和英文和平共處。原因很簡單，你看過那個殖民地或是「被征服」的國家和民族對那大張旗鼓揮軍攻打的敵人鞠躬磕頭，感謝對方解放的？抱持著殺戮態度，和某種知識爲敵，這不是我的風格。這本書也不叫作《朱式單字手冊》或是《朱式文法手冊》，你不會看到一長串這樣的東西。

第二，爲什麼這本書不是教你如何學好英文呢？很簡單，不管閣下是六年級、七年級、八年級、九年級（兩歲就能看這本書，算你厲害！），請閉上眼睛回想一下，這輩子什麼時候「學」一樣東西有美好的回憶？當然，在補習班遇到初戀情人的那種酸甜滋味不算！小時候學游泳嗆水很倒

楣、國小學數學粉痛苦、長大學微積分步步危機，大學被電子學、電磁學搞得灰心喪志，成天在寢室床上睡覺。各位，學習之路無比痛苦，學海無涯，回頭是岸！這樣子的回憶怎麼會讓你還可以「學」的好任何東西？只要你一動念想學，多半這些新仇舊恨就會湧上心頭，任何人都會立刻丟盔棄甲，再也支撐不下去。

所以，如果眞的對英文有所需求，我給的建議是自然而然地吸收它，並且在其中享受樂趣，這樣才有可能眞正的朝向和英文和平共處的境界邁進。所以，我在這本書裡面講的不是學英文的技巧，而是心態上的改變。

至於爲什麼樂趣這麼重要呢？請容我先從一個小故事開始說起。我可不是那種天生就被注射外星人DNA的超級天才，或是發生那種被關在家裡忽然之間就天神附體把英文融會貫通的神蹟，所以，我小時候去學英文也是很自然的啦！我是在哪裡學英文的呢？那是台北的中華路底某一家沒有什麼人聽過的補習班，叫作「偉人」，洋名兒叫作「VIP」。好啦，雖然我是去上了偉人補習班，但是並沒有變成偉人，所以還是過著相當平凡的生活。

當時，台北市的鐵路還沒有地下化，所以補習班的窗戶外面就是交通非常頻繁的北迴鐵路。而且，再加上中華路本

身也是人車擁擠，所以那個窗戶都是雙層隔音，這樣才能夠擋住台北市的聲波攻擊。而且，由於當時補習的人還不少，所以補習班內的空氣有的時候不太流通，所以常常搞得我頭暈腦脹的。

因此，從國小五年級開始，本人的週末行程幾乎可以說固定啦！這個流程就變成了中午下課之後，和我偉大的伴讀老師（就是家母啦）一起搭著塞到不行的公車，風塵僕僕地從圓山一路坐公車到西門町去。冬天的時候還好，但是到了夏天這就眞的殺死人啦！而且在捷運通車之前，台北市中華路每逢週六日就成爲停車聖地，因爲車子塞到跟停車場一樣。而且，各位現在享受的捷運，那時可正是處在熱頭上，從忠孝東路到中華路全部都被開腸破肚，塞車的狀況自然更是火上加油。

當年的公車多半都還沒有冷氣，路面上還可以親眼見到冒出蒸騰的熱氣，光是塞這麼一趟車我大概就已經魂飛魄散了。課程多半都是安排在下午兩點到四點；根據人類學家的研究，在東非的大草原上，人類的始祖們都是利用這個時間睡午覺，因爲當時太陽太過熾烈，根本不可能進行任何有意義的活動。因此，我自然遵照著自然的呼喚，在這個時間陷入不是那麼清醒的狀態中。當然，除了偶爾失去意識之外，

國小時參加英語演講比賽。

其實一般來說我還是相當認眞的。在撐過一個小時之後，通常就會有下課時間，這個時間大家除了上廁所、在陽台上透氣打屁之外，就沒有什麼重要的事情可以做了。但是，對我來說，眞正的重頭戲是在下課休息結束之後！

上第二節課的時候，通常會有一位中年男子，抱著一台類似行動卡拉OK的機器來到教室。這個目的就是要抽背上週所交的課文，當他出現的時候，教室內一定哀鴻遍野，因爲背課文很痛苦耶！而且有的時候大家一玩瘋，就完全忘記有這件事情，直到這一刻才會想起來。而且，如果我沒有記錯，在這個時刻若是背不出課文來，好像會被打手心！

看到這裡可能很多人不能理解爲什麼打手心這麼嚴重，是啊，我小時候挨打也是照三餐來的，可是這個可不一樣！當時教室後面會坐滿一排的公子和公主伴讀，也就是很多家

長在整堂課的期間都在後面陪伴。這種在眾家長面前被打手心的壓力可是極為沉重的（更別提我媽也在那後面觀賞，啊啊啊！），所以，眾可憐學生一看到那名中年男子出現，瞬間全教室都會陷入肅殺的氣氛中，大家斂起笑容，趕快從抽屜中偷翻出之前的課本來對照，試圖喚起已經沉睡的記憶。

糖果的滋味

（請注意：以下段落並沒有和食品廠商合作，請放心收看）

不過，這個時間對我來說卻是課程中少數的高潮之一。原因很簡單，在用翻書的方式決定倒楣人選之後，後面還有開放自願名額。不管是被抽到還是自願的傢伙，能夠把課文背出來，就可以獲得一包糖。這可不是一般隨便的糖果唷！到現在十幾年了，我都還可以清楚地記得裡面的內容。這包糖會有三顆大黑松小倆口的牛軋糖。我最喜歡吃的就是牛軋糖了，如果只是單純的奶油糖那會嫌太單調，但是牛軋糖裡面都會混上酥脆的花生，兩者混雜在一起的口感和嚼勁眞是超棒的啦！後來他們還有研發出新的巧克力和椰子口味的牛軋糖，最讚的就是，你根本不知道到時候會拿到什麼樣的牛

軋糖！除了三顆牛軋糖之外，裡面還會有透明的、外面灑上糖粉的果汁軟糖，那些軟糖的口味我吃過葡萄和橘子的，好像還有檸檬的！而且，除了這些之外還會有幾顆巧克力，就是那種大型的、扁扁的，中間凹下去的巧克力，如果拿到的話，下課還可以邊吃邊回家！

所以，相當單純的，我就爲了這一包糖而每週都會乖乖地把課文背好。即使沒有被抽到，我也會在開放自願名額的時候卯起來舉手，就爲了要搶到這個大家都不太喜歡，而我卻認爲是可以吃糖的絕佳機會。所以，就這樣，學英文學了一兩年，對我來說最大的誘因卻是可以吃糖，卻也因此背了不少課文，學英文比人家要拚命許多。在這樣的經驗中，我有了一個體驗：能不能夠吸收一樣東西，關鍵在於好不好玩，如果能夠從其中得到樂趣，自然吸收效率很高；如果用鞭打、威脅、利誘的方式，效率自然低到不行，甚至將來會故意把辛苦得來的知識刻意拋棄，只爲了擺脫痛苦的回憶。

所以，要跟英文和平相處，一字記之曰「樂」。

下面，我就會從我怎麼樣打電動、看電影和看小說的過程中來獲取英文知識的過程描述，並加入一些實行面的細節。如果你能夠接受的話，應該就可以像我一樣一邊娛樂，一邊吸收知識，這會是一條新的途徑。

我不學文法

不過，在進入到實做面之前，我還有兩個自己的看法要跟大家分享。這些是我個人的看法，你可以認同，也可以不認同，這不見得放諸四海皆準，但我卻是這樣走過來的，就請諸位參考看看吧！

第一，就是「英文文法是個屁」。我知道市面上出了很多英文文法的書，我也知道有很多人靠動名詞、副詞子句後面該接什麼的拼圖法把英文學得呱呱叫。但是，這個邏輯對我來說就是不管用。我只要一看到文法分析、什麼adj、v、n之類的鬼東西就覺得頭暈想睡覺；所以，國中和高中時候的英文課，只要是有關文法的東西，我一概絕對不念，因爲我覺得一點用處都沒有。而人的頭腦記憶體容量有限，要我去記這種主觀認定沒有用的東西，就算眞的有用，我的記憶體也會自動發起反攻，讓我白念一場，最後全部忘光光。因此，如果有人現在拿文法考我，我鐵定成績會一團稀巴爛。

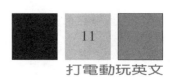

不過，我有我的理由。很簡單，請問諸位大人從小到大學說話的時候，是不是父母把你架在嬰兒床上，然後開始教導你中文文法，接著等到文法融會貫通之後，才下公文批准

你開始講話？當然不是。我們是自然而然地就開口說話了，哪管什麼文法不文法。所謂的文法其實只有一個關鍵，就是聽起來順不順。自己母語以外的語言本來就已經不好吸收了，現在還要疊床架屋，在上面加上一大堆的規則和用法，但其實最後有很多文法不能解釋的東西，老師只能怪罪到「慣例」上。

爲什麼老是會有這種不能解釋的東西出現？很簡單，語言是活的，它時時刻刻都在變，但文法是死的，最多幾年改個一次。老外講英文也不會參考文法，他只是照著自己覺得習慣的用法來說而已，內心絕對不會經過一番天人交戰檢查符合文法邏輯才開口。既然這樣，我們幹嘛要花時間學文法？這是在騙誰呢？

何為語感

可是，如果不學文法，那要依據什麼樣的規則來表達或是判斷一句話合不合文法？我自己的習慣就是「語感」。語感是什麼東西？就是之前所提到過的，老外說話的依據和判斷，那種存在於腦中無法歸類的一種感覺。雖然我小的時候就一直用語感來當作我不背文法的理由，但當我在寫到這一

段的時候，特別花了一些功夫去探究語感這兩個字相關的定義和使用。

結果發現，以Google這個強大的搜尋引擎來查詢的結果，「語感」這兩個字和英文教學有關係的狀況，多半出現在簡體網站中，而香港在回歸之後，也受到大陸這方面的影響，開始大力倡導起所謂的語感來，只不過，大陸的語感多半用在英文教學上面，而香港的語感則是用在中文教學上面，所以，這可以說是除了台灣以外的華人圈在學習另一種不熟悉的語言時所使用的一個共識。不過，我對英語教學並非是專家，因此不太明白為什麼語感這種東西在台灣似乎並不被強調，或許是使用名詞上的差異吧？於是，這樣我就更不清楚自己到底是什麼時候在什麼地方聽過語感這個理論的，可能是以前的英語補習班吧！

如果以比較學術化的角度去定義語感，我曾經看過這樣的一個說法：人類使用語言時，須經過兩個階段，第一個階段是所謂的內部語言，第二個階段則是外部語言。內部語言就是我們每個人的獨特思考模式和特殊的邏輯能力所組合出來的，因此是每個人都極端不相同的，而且不見得要符合一般人能夠理解的邏輯。而外部語言則是符合每個語言固定風格，讓大家可以聽得懂，彼此交流的語言。我們之所以彼此

能夠藉著語言溝通，就是因爲外部語言有一定的規律和大家公認的規則可尋。人類駕馭這種外部語言的其中一種嘗試就是所謂的文法。有些科幻小說家拿這個理論來開玩笑，如果某個人擁有心靈能力，可能也沒有多大用處。因爲他所聽到的都只會是每個人的內部語言，是那種根本不符合一般人邏輯、跳躍、充滿了雜訊的未解碼語言，可能在他搞懂之前會先被這種莫名其妙的訊息給搞瘋掉。

撇開這種導謬法的邏輯推演不談，內部語言的確必須是經過轉換過程才能夠轉換成外部語言。而這個轉換的機制就是所謂的語感。語感其實是我們每個人在日積月累地使用某種語言之後，慢慢累積出來的一種直覺、一種無法分析判斷的直覺。在聽說讀寫四種能力中，聽和讀就是從外部語言轉換成內部語言，把大家都習慣的文字或是談話，轉換成自己腦中能夠習慣與理解的思考模式；唯一的差別只是在於轉換速度的快慢，聽的要求比較高。

所以，爲什麼在很多狀況下，聽力測驗對有些人而言就是很痛苦，寫不出剛剛聽到了什麼東西，而在讀英文的時候卻能夠看懂原來聽不懂的東西，就是因爲自己本身語感的轉換速度沒有達到「直覺」的速度，慢於考試時英文語句出現的速度，導致大腦來不及分析所致。而說跟寫則是將內部語

言轉換成外部語言的結果，差別也同樣是說的要求速度比較高；許多人說英文時結結巴巴就是因爲語感轉換的速度不夠快，導致從嘴巴流出的訊息速度趕不上社會中認爲正常的交談速度，而下筆寫的時候則可以經過反覆的轉換和思考，因此就比較不會有開口說時所遇到的問題。

潛意識形成的語感

從這樣的分析中可以看出來，語感掌握了內部語言和外部語言之間的關鍵轉換，所以也是聽說讀寫的最重要關鍵。因此，語感不只是我拿來拒絕讀文法的一個理由，深入探究之後，其實也是掌控整個外語使用能力的重要關鍵。

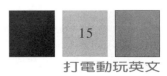

由於語感是潛意識中漸漸形成的，因此在我的經驗中和痛苦是互相排斥的。這大概是少數棒頭底下無法出孝子的學問。邏輯推導起來很簡單，當人們在某個體驗或是過程中感到非常痛苦時，自然而然的就會對這樣東西產生排斥的感覺，一旦有了這種排斥感，就算你的理性告訴你這東西是沒有不行的，每個人內心的野性還是會將這樣東西冠上「爛爛爛、討厭討厭討厭」的帽子，而被冠上這帽子的東西，你就很難讓潛意識出現來幫助它。馬戲團雜耍的技巧或許可以在

每天被打、吃不飽的訓練中硬逼出來；運動員即使很痛苦，只要每天重量訓練肌肉還是會出來。但是，在外國語言的練習上，如果大家還是抱持著苦練、咬牙死撐、臥薪嘗膽的想法，這絕對會是事倍功半的。所以，大家還是從爽歪歪的遊樂中趁機吸取知識吧！

當然，在這邊我絕對必須要說明一下語感獲取的最佳方法是什麼。不過，且容許我暫時跳開這個主題，插進另一段故事吧！

大家都知道，我自己非常喜歡奇幻文學。而要提到奇幻文學的宗師，恐怕還是非魔戒的創作者托爾金（John Ronald Reuel Tolkien，也就是 J.R.R. Tolkien 1892-1973）莫屬。他出生在南非，1895年移居英國。他是一名語言學家，專長則是研究古代的英文和盎格魯薩克遜的神話傳說。大家或許都會認爲這樣的老學究沒有什麼有趣的地方，但是托爾金教授有一個非常特別的習慣。由於他的專長和興趣都是在語言學方面，因此他在閒暇時的娛樂也是和語言學有關，他就像是語言學的名偵探科南一樣，喜歡透過語言的模式來探索一個古代民族的興衰和文化模式。他會照著可能的發音方式，唸誦某個已經消逝的古文明語言，並且從這些語言的使用習慣中，推斷這個民族是否有宗教信仰、是

《魔戒》的作者托爾金。

殘暴還是文明、好戰還是愛好和平；這種習慣也讓他日後創造出了魔戒中的精靈語、矮人語和半獸人的語言。有趣的是，這些語言的風格，就正和他之前所整理出來的推斷幾乎完全相同。擁有極高文明的精靈語聽起來優雅、多氣音，就好像音樂一樣；矮人的語言則是粗魯、直接了當，如同岩石撞擊一般；而半獸人的語言則是十分原始，充斥著各種的辱罵和挑釁，沒有辦法表達良善，聽起來也是以喉音爲主。

托爾金在1945年到1956年退休之前，曾經在牛津大學擔任英國文學的教授，在該校認識了C.S. Lewis(一位同樣在奇幻文學領域中頗具知名度的作者，其作品就是魔法媽媽J.K.羅琳所最喜歡的納尼亞系列)，並且組成了一個名爲Inkling的同好會，幾位教授會在聚會中朗讀許多其他的文學作品；這種類似說書的娛樂也是他們的共同興趣。

這些教授會在牛津地區一間叫作「老鷹與孩童」(Eagle and Child)的酒吧聚會，每個人叫一杯黑啤酒，然後先從每天的工作和學術上的問題開始聊起，等到酒酣耳熱之後，

「老鷹與孩童」酒吧。

老傢伙們就會拿出自己的作品。雖然這些教授研究的都是各種各樣的文學，但眞正讓他們醉心的並不是當時最流行的作品，甚至也不是當時流行的語言。托爾金和朋友們最喜歡的是中古英文，他們認爲這樣的英文才是眞正擁有古典氣質，也才是最優雅的語言，因此，他們會利用閒暇時間撰寫各式各樣的文章，其中以詩歌爲主。而爲了要讓大家完全沉浸在中古世界的氣氛中，這群教授每每會輪流將自己的作品朗誦吟哦出來，接受同儕的批評和指教。也就是在這樣的過程中，路易斯寫出了《納尼亞年代記》，托爾金寫出了震碩古今的《魔戒》。

不過，這群研究文學和語言學的教授爲什麼會選擇在酒吧裡面朗誦，而不是每個人回家去讀這些文章呢？其中一個很大的原因就是，朗誦這個過程讓人有機會親耳聆聽中古英文的腔調和抑揚頓挫，也讓他們對這種已經久無人使用的語言產生相當親切的感覺。換句話說，這是他們所選擇熟悉一

種語言的的最好方法（另外，黑啤酒應該也是一大重點，可惜本書並非「如何享受飲酒樂」，因此略過不提）。

大聲朗誦最有效

套以前面我們所說過的內部語言和外部語言轉換的理論，閱讀和唸誦都必須要先從外部語言轉換成內部語言，只是要唸誦出來，當事人還必需要經過第二次的內部語言轉換成外部語言的動作；甚至當文章被唸出來之後，當事人不可避免地還要再聽到一次，又會經過一次的外部語言轉換成內部語言。換句話說，閱讀和唸誦其實所花費的時間差異並不多，但眞正經過轉換的動作則是以唸誦最爲多次。因此，以提升語感的作法來說，最有效的並不是什麼花梢的技巧或是絕招，而是「唸誦」或「朗讀」。

可能有很多人一看到這個方法就開始氣得哇哇叫，「你不是說要輕鬆地獲得樂趣嗎？爲什麼竟然叫我背課文？」各位，別急別急，我說培養語感最有效的方法是唸誦和朗讀，沒有叫你背起來啊！我自己也很能明白默寫課文的痛苦，因爲這要求實在太高了，幾乎要將所有的內容全部都搞得滾瓜爛熟才行，而且就算如此，往往還是會因爲粗心或者是臨場

的意外而把事情搞砸。況且，這得花上很多的時間，到時哪還能夠擠得出空閒來打電動！

所以，我國中和高中時準備英文的方法很簡單：就是躲在房間裡面，一遍又一遍地唸課文。不需要把內容全部都背起來，而是簡單、大聲、清楚地把課文唸出來。至於次數要多少次其實得看每個人的習慣而定，我以前基本上就是把單字背一背（這個逃不了，單字會不會拼眞的得靠硬背才行，這裡我沒什麼捷徑），然後再把課文唸個二三十遍就好了。說實話，課文都不會太長，這樣全部的時間花不到一個小時就可以全部解決了。而且，這還有另外一個好處，可以培養大場面時的台風，讓自己不容易臨場緊張，順便校正自己的發音。唸課文眞是有百利而無一害，爲啥不做？

接著，第二天如果要考試的時候，這個語感就可以很容易地派上用場了。根據我個人的經驗，透過唸誦課文所培養出來的語感可說是選擇題和文法的殺手。爲什麼？很簡單，語感在實際應用時其實只是一個「直覺」，一種說不出來的東西。因此，在面對各種選擇題時，其實作答者只需要把題目唸個幾次，就可以挑出其中最對味的答案，因爲通常聽起來順耳，不會讓你有種不對勁的感覺時，這答案就是正確的了。對於使用語感作答的人來說，最多只需要使用到語意分

析，看看這些詞套進句子裡面之後，在句意上到底合不合理就好了。

兩相比較，高下立見。想想看，那些利用文法答題的可憐傢伙需要怎麼做？他必須要先把那一條文法搬出來，什麼詞之後不能夠接什麼詞，然後，再來分析選擇題中的每一個詞是否符合這樣的標準，萬一有不確定的就等於一切白搭。而使用語感的作答者就是把每個字唸一唸，之後就靠直覺判斷就好了。這樣在選擇題上爭取到的速度還可以用來慢慢寫克漏字或是看閱讀測驗，光是這樣的優勢就非常地大了。

語感這種東西不光是在考試上面可以派上用場，平常在閱讀、說話、聽力測驗上也都可以有非常大的助益，不過在這些方面的幫助比較難具體表達，所以這邊也不花篇幅仔細討論了。只是，由於語感是種快速使用的直覺，所以往往在慢速的運用上反而會被腦中大量的常識和規則所干擾，這點是它不可避免的缺陷；這個狀況在必須要撰寫相當正式的英文書信時特別明顯。在一般狀況下，我自己寫英文信的時候，由於重點都只需要對方瞭解就好，甚至可以使用大量的縮寫和表情符號，所以其實都沒有什麼特別的困難，頂多就是每一句寫完之後自己唸誦一遍，看看會不會感覺怪怪的，如果怪怪的，就重新改一下。不過，在撰寫很正式的公文書

時（非常正式的官樣場合致詞也相同），由於這些文句和字眼根本就不是我們平常會使用的，因此，語感在這個時候就派不上什麼用場了。甚至很多時候太過正式的語言，用語感判斷起來會反而怪怪的，因爲平常根本沒有人這麼說話啊！

直接用英文思考

除了語感之外的另外一個特別的地方則是思考模式的問題。在我翻譯二十幾本小說的過程中，經常遇到一個問題：英文翻譯過來找不到可以對應的中文。這其實是司空見慣的，因爲很多時候受限於文化、歷史甚至是音韻的問題，許多東西根本沒有辦法轉換成其他的語言，對於翻譯來說，這個部分幾乎就等於再創作了。舉個例子來說，在我翻譯的「龍槍系列」小說中有一名野心勃勃的大法師，他幾乎捨棄了所有的情感，只爲了滿足自己的野心，但是，他卻有一個滿懷關愛，希望能夠保護他不受傷害的哥哥。這位法師名叫Raistlin，雷斯林，而他哥哥每每都會親切地直接叫他Raist，這其實是老外的習慣，比較熟的人可以把對方的名字縮短來叫和Kimberly金柏莉可以直接叫作Kim金是一樣

的；可是中文裡面根本沒有這樣的習慣，總不能叫他斯林吧？他又不姓雷。所以，折衷之下，我只能讓他老哥每次都叫他「小雷」，如此一來才好不容易兼顧了那種熟稔的感覺和英文中這樣稱呼的習慣。

擔任翻譯的人必須爲了這樣的問題而傷腦筋，可是，各位的工作並不是翻譯，而只是要和英文和平共處，因此，這種痛苦根本是不必要的。我要說的是比較進階的想法：直接用英文思考。在很多時候，包括了聽力測驗或是看電影的時候，經常聽不懂裡面對白的原因是：來不及。爲什麼會來不及呢？大部分的狀況並不是因爲對方說得太快，而是因爲自己拖延了時間。

也就是說，許多人遇到英文時的思考模式是先把聽進腦袋中的內容從英文轉成中文，然後再開始判讀這對話的意義。甚至，在考試時還必須將思考出來的答案再轉成英文，然後才能夠針對考卷上的題目作答。這是何苦呢？之前我們已經提到過，光是內外部語言的轉換就必須花上相當的時間，如果再經過中英文轉換，這樣眞的太浪費時間了。也難怪許多人會認爲聽力測驗很困難，根本來不及。

用英文思考說來簡單，其實卻不容易做到，因爲根本沒有人可以確實地檢查自己到底用哪一國語言思考。但是至少

我們可以試圖要求自己，進而往目標更逼近一步。在看到或是聽到所有的英文時，請不要先想「這在中文裡是什麼意思？」因爲這樣一來，你在做的是翻譯，而不是單純的閱讀或觀賞電影；說明白一點，各位又不是領翻譯的薪水，幹嘛做得這麼辛苦？不管在任何時候看到英文的資料，都要強逼著自己不要把它翻成中文，而是單純地只思考句子的意思？

每個人的大腦都是會偷懶的，能夠不做的轉換其實也不會千里迢迢特別去做，慢慢地，強迫自己不要浪費時間轉換這些語言，而是直接用跳進腦海中最快、最便捷的方式思考，隔久一點之後，你就會發現很多時候自己其實聽得懂電視節目或是電影中的笑點和劇情，但要將之轉換成中文卻得多費一番功夫，如此一來，就大概達到了所謂的用英文思考的境界。等你達到這種境界之後，就會發現閱讀、聽力的速度都變快了，因爲你等於是在完全純粹的英語模式下運作，根本不需要在不同的語言間切換來切換去。即使非常功利地以考試的角度來衡量，國內大部分的英文考卷也不會中英夾雜，而是都以英文來說明和出題，這樣一來，單純只用英文思考的人就會佔相當多的優勢。所以，各位，也來試著使用英文思考英文的東西吧！

放膽開口說英文

最後一個要再囉唆的前提就是開口說英文的部分了。許多人經常抱怨不敢開口說英文的原因是擔心自己說的不標準，對方會聽不懂，擔心會被別人笑，其實，狀況根本不是這樣的。各位如果有機會到紐約的機場去搭計程車，你就會發現司機講的話南腔北調，有印度腔、俄羅斯腔、拉丁腔，基本上連當地人都聽不太懂，但是，這些人有沒有因爲這樣而不敢開口？拜託，這些運將不但出來討生活，而且說英文說得比誰都大聲。

其實我一直覺得，我們不是美國人或英國人，腔調說得不對，抑揚頓挫有問題是必然的，也是不可避免的，因爲我們所接觸的並不是以英文爲母語的環境，也不可能是以英文爲母語的環境。我們所使用的母語和最常接觸的語言是中文，對我們來說，我們的發音習慣、用詞、文法被中文所主導是理所當然的，更沒什麼好丟臉的。既然連那些英文都不怎麼行的人都膽敢開口了，我們又有什麼好怕的？當然，我也不免會受到這種觀念的影響，在美國的時候開口說英文總是怯生生的，滿心深怕自己講的對方聽不懂。可是，多混幾

次之後，就發現老美大概因爲本來就照三餐會遇到各種各樣口音的人，所以對於奇怪的表達方式和腔調接受度相當高。

很多人一看見ABC可以說流暢的英文，就會覺得很羨慕，但這根本毫無意義咩，他們的英文好是理所當然的，因爲他們犧牲了中文的學習機會；別忘了，學習中文要比英文困難很多哪！下次遇到ABC就跟他們比說中文，如果對方中文也說得很好，那就跟他們比寫作文，再不然最後的大絕招就是跟他比注音嘛！最好是贏得過啦，這個時候就換他們羨慕我們了吧！盲目羨慕對方的心態根本是很無聊的！

我之前花了那麼多篇幅所說的語感，其實也必然有一個先來後到，每個人都必須建立一個自己母語的語感之後，才適合帶入第二種語感。我最反對的就是什麼雙語幼稚園，這不但浪費時間，更沒有必要，將來這個小孩最常使用的還會是中文，但是在中文沒學好之前就急著要建立第二種語言的語感，自然必須冒著兩邊落空的危險。在台灣出生、長大，卻說得和老外一樣好的英文是病態的、是沒有必要的，既然根本沒必要追求這樣的高標準，那我們爲什麼要這麼辛苦呢？這種心態上的弱勢根本沒意義。而且，很多人可能不知道，我們口中的標準英文，在老外耳中有時候反而是很奇怪的。爲什麼呢？因爲很多時候大家太強調抑揚頓挫，在老外

耳中就覺得很詭異；想想看，如果你在路上遇到一個和新聞主播說話一樣口音的人，你會怎麼想呢？

但是，真正讓我醒悟這個道理的關鍵竟然是在法國。我這輩子第一次去法國的時候是參加那種只有第一天行程確定的半自由行團體，雖然有對巴黎很熟悉的朋友帶路，但中間還是有許多時刻必須要點菜或是和人家交談的狀況，甚至，我還在機場臭罵一個想要插隊的黑人！說實話，如果在美國，我可能就不太敢這麼做，但是因爲在法國，我反而有種「你們的英文最多也就跟我一樣爛」的想法，反而讓我開口起來毫無遲疑，因爲根本不擔心人家會笑或是覺得我的英文爛。而且，最重要的是，如果我講英文對方聽不懂，那一定是他英文不夠好！哈哈，這聽起來或許很可笑，但是回來仔細分析一下自己的表現和想法，發現敢不敢說英文的關鍵根本不在於英文口語能力的強弱，而是在於自己內心的心魔！所以，各位，有機會就光明正大地開口說英文吧！老外說中文的時候還不是一樣好笑，有什麼資格笑你！

從電玩開始

前面花了那麼一大堆的功夫解釋語感到底是什麼，同時也告訴大家語感和「快樂」這兩個字是相輔相成的。這眞正的原因就是為了替打電動、看漫畫和看小說鋪路啊！各位家長聽好了，我的英文程度是怎麼累積來的？就是——打·電、動，看·漫·畫、看·小·說！

左手用滑鼠，右手用鍵盤

說實話，我眞的完全不能理解爲什麼眾多中產階級的家長們那麼反對小孩打電動？我從國小二年級老哥買了第一台電腦時就開始打電動（被老哥抓到還會遭到一頓痛打），從連電腦都不會開，一路打到自己手動操作磁碟機、修理電腦（這時還沒升上國中）。國中之後更是卯起來拚命打電動，當時的盜版遊戲軟體雖然包裝很爛，但是一套還是要150元，

而我每個月只有300元零用錢，換句話說一個月最多只能買兩款遊戲，零用錢就沒了。所以，當年的我非常可憐，每次都要站在櫥窗前良久，運用大腦進行試玩（說穿了就是拚命看包裝的說明，然後幻想這個遊戲玩起來到底會是什麼樣子）。等到高中更厲害，我一天最高紀錄是連續打13個小時的電動，中間只有肚子餓跑去吃飯，尿急時會上廁所而已。不只如此，我還練就了用左手使用滑鼠的習慣！爲什麼呢？因爲我經常打的都是冒險和角色扮演類的遊戲，這類遊戲經常需要抄很多的對話和謎題，我實在學不會用左手寫字，於是爲了空出右手來，奮力練成了左手使用滑鼠的絕招。後來還可以左手使用滑鼠，右手使用鍵盤，左右開弓特別快！

早在高二的時候，我就因爲玩電動沒有收入而大爲苦惱，於是開始投稿軟體世界，甚至撰寫一大堆攻略，賺了不少錢，這也才有額外的收入可以更新電腦，讓我玩更新的遊戲。除了高三一年很拚，幾乎沒有玩電動之外（補習的時候還是去打大型電動），其它時間幾乎我都與電玩爲伍。考上大學之後當然更是變本加厲，不過這邊就先暫且不繼續囉唆了。說到這裡，大家就應該很清楚，其實我大半的娛樂時間都花在電玩上，而幾乎所有的英文也都是從電玩而來，接著又因爲想要看看電動的原著小說而跑去買了原文小說，甚至

還有美式的英雄漫畫。對我來說，和英文糾纏不清的命運中，少了電玩可是絕對不行的！

這裡的電玩所指的並不是那種爲了學習而學習的軟體，而是單純爲了爽而玩的遊戲，玩者或是家長其實可以從裡面發現很多東西。任何一種可以吸引人主動去接觸的東西其實都可以有絕對正面的價值。既然家長不可能絕對禁絕孩子上網咖或是打電動，那麼何不從裡面找出利用價值來？以我自己的例子來說，我會爲了搞清楚遊戲中對於二次世界大戰的設定，而去翻歷史書籍、看戰史資料，原因是遊戲勾起了我的興趣；然而，在現實生活中，我其實完全不想爲了考試去看那無聊的歷史課本。

可惜本書的重點是在學英文，所以我從小到大打電動的諸多附加好處在這裡不宜占去太大的篇幅，將來有機會再來深入探討。我準備了針對兩邊不同立場的論點和作法，希望能夠讓家長和玩家們都了解如何從遊戲中有效學習。

給玩家

好吧，我知道，很多人會覺得玩遊戲就是玩遊戲，爲什

麼要幫它加上一大堆好處？我的確同意，在不同的社會或是時空背景下，玩遊戲就是消遣就是娛樂，根本不需要背負任何的包袱。可是，請別忘了，我們生活在一個「教改教改越改越需要改」的升學主義社會中，必須要學會在這個殘酷的世界裡夾縫中生存的本領。只需要「爲了玩而玩」的世界還沒創造出來，要等待你我成爲家長、成爲掌權者之後才會出現，在這之前，我們還是必須向功利主義屈服，用實際的成效來包裝電玩，幫助你的家長接受它，也幫助你自己可以獲得更多的東西。反正，電動是一定要打的，能夠找個理由讓家長支持我們打電動沒有什麼不好的，不是嗎？

遊戲的類型

我們就先從最基本的遊戲類型開始講起吧！至少先瞭解一下適合入門的遊戲類型──這個東西其實根本不用講，大家都知道，我特別把它寫出來是爲了讓各位能夠學到它的英文說法，好拿來唬唬老爸老媽，代表自己已經做過一些研究，爲了打電動不惜犧牲人格去學這些東西。另外要特別提的是，因爲我從小到大玩的都是電腦遊戲（PC game）和大型電玩（arcade game），而不是遊樂器（console game），

所以我的日文不好，也比較沒辦法跟大家說如何透過遊樂器認識日文；這裡的角度都是從英文來切入的。

1.入門遊戲

所有打算開始玩遊戲的人應該都知道，最容易上手，對語言能力幾乎沒有任何要求的遊戲類別是解謎遊戲（puzzle game）、射擊遊戲（shooting game）、第一人稱射擊遊戲（first person shooting，這裡的first person指的是視角是以人物本身往外看，主角的眼睛就等於玩者的眼睛）、動作遊戲（action game）這四種。解謎類型的遊戲像是「魔法氣球」、「俄羅斯方塊」等等。受限於硬體的規格和設計理念，在個人電腦上的射擊遊戲數量比較少，線上遊戲（online game）中的「X坦克」和「歡樂潛水艇」應該可以歸類爲射擊遊戲。第一人稱射擊遊戲（簡稱FPS）的數量就多了，之前最紅的「絕對武力」（Counter Strike，這個名稱的英文原意是反擊，指的是遊戲中恐怖分子對反恐部隊發動的反擊，或是反恐部隊對恐怖分子發動的壓制性攻擊）、「雷神之鎚之武林大會」（Quake Tournament，各位，很明顯地我們不會明白Quake爲什麼叫雷神之鎚，所以此處不說明）等等都算是。遊樂器的「陽光馬利歐」（Sunshine

Mario）則是很典型的動作遊戲，因爲它對動作的靈敏度上要求比較高，和要求火力的射擊遊戲有所差別。

這幾類遊戲都是最不需要英文閱讀能力或是聽力的遊戲了，所以每個人入門應該都會是從這邊開始的。不過，既然適合入門，應該也有一些最基本的東西可以讓你接觸英文。大家斤斤計較的score就是分數，關卡稱爲stage（這也是舞台的意思，所以爲什麼有的日系遊戲會寫第一舞台、第二舞台），頭目叫作boss（當然，也是老闆的意思，所以你們家的老爸老媽既是你們的老闆，也是打電動時必須克服的頭目，嘿嘿）。每一個關卡結束之後會有「Stage cleared」的說法，就是該關卡的敵人已經被你「清掃完畢」。而像射擊遊戲中主角或是飛機經常會吃到P的符號，然後火力就會增加，因爲這一般來說代表的是power，能量或是力量的意思；吃到S則會增加速度，因爲S代表的是speed。光是這一些東西應該就可以記上一陣子了。

現在這些最基礎的遊戲因爲畫面（graphic）的要求越來越高，所以會經常需要更換硬體，我建議學一些遊戲相關硬體的英文，這樣找起資料來會比較簡單。首先是顯示卡（video card），這個通常是目前遊戲延遲的最大禍首，因爲很多3D遊戲都需要非常強大的運算能力，舊型的顯示卡負

荷不來，所以通常都需要換成3D顯示卡（3D video card），這裡的3D是3 dimensional，三度空間的意思，也就是立體顯示，是相對於之前的2D顯示卡所取的名字。

另外，搖桿是joystick，加了力回饋則是force feedback的款式。滑鼠雖然使用無線（cordless）會比較方便，但是眞正的高手都知道，有線滑鼠比較不會產生訊號延遲（lag，其實這個字是動詞，不過由於大家習慣了，所以漸漸被當作名詞來使用），反應時間會比較快。液晶螢幕（LCD）則是liquid crystal display的縮寫，用這樣的顯示幕玩遊戲雖然解析度受限，但比較不容易疲勞。

不過，眞正的關鍵並不是在於你想不想要學習，而是必須想要徹底地玩通一款遊戲，瞭解每一個行為的意義和每一個字所代表的意義。如果你沒有這個動機，那麼利用打電動來接觸英文並不會比較愉快。如果你眞的有心，那麼請進展到下一個階段。

2.戰略遊戲和模擬遊戲

戰略遊戲叫作Strategy Game（這裡的strategy指的是比較全盤化、大尺度的考量，另一個接近的字則是tactics，戰術，是指小尺度的考量）和模擬遊戲（Simulation

Game），前者的深度和複雜度更進一步，能夠讓玩者跨越許多類型的知識，後者則是會有許多專業化的特殊名詞（但不見得在生活中用得上）。中文分類中則是將跨越這兩種遊戲類別的稱之爲「經營遊戲」，但卻沒有對應的英文名稱。這類遊戲如果是戰爭方面的，可以學到一些戰術或是武器的名詞，biological weapon（生化武器）、special forces（特種部隊）等等都是用著用著就會朗朗上口的東西；經營遊戲也有以動物園爲主角的，這時jaguar（美洲豹）、seal（海豹）等等名詞也會因爲外型和出現的頻率慢慢變得熟悉；而模擬遊戲方面則會有更深入的專業科技名詞，像是戰鬥機模擬飛行的玩家會知道fly by wire（線傳飛行）是什麼東西，smart bomb（精靈炸彈）可以投射後不理，甚至是慢慢進步到「Enemy on six o'clock/my tail！」（敵人在我六點鐘方向／機尾！）這樣的初級對話也慢慢地會成爲整個過程的一部分。

經營遊戲和戰略遊戲的關鍵就是和電腦的人工智慧（A.I.，artificial intelligence）周旋的樂趣，等到慢慢適應了這樣的挑戰之後，就該是進行到下一步的時候了。不過，我還是必須再度強調，關鍵在於你有沒有認眞的態度想要好好地把一個遊戲徹底摸透，如果你只是閉著眼睛亂玩，或許

也可以獲得進一步的樂趣，但是就沒有太大的意義了。

3.冒險和角色扮演遊戲

最後，就是難度最高的冒險（adventure）和角色扮演遊戲（role playing game）了。這類型的遊戲不但有大量的英文敘述，內涵和劇本也可以算是各類遊戲中最深刻的。

冒險遊戲中玩者通常必須要扮演一個或多個主角，然後解決各種各樣的謎團，這中間可能會有牽扯到各種益智謎題甚至是語言上的謎題。電腦上頗爲出名的「猴島小英雄」（Monkey Island）就是一個相當著名的例子，裡面不但有很多雙關語的笑點，連解謎的過程都相當費心思，其難度和靈活的程度可能連很多大學教授都解不開。

角色扮演遊戲則是和奇幻文學關係相當密切的一個遊戲類別，玩者可以扮演一個或是一隊冒險者，去解決某個可能威脅及世界和平的問題。在遊戲中可以知道很多武器、魔法的英文，日積月累之下光是單字就會認識得比一般人多得多了。我就聽過一位強者在國中時就因爲玩角色扮演遊戲而學會火把（torch）這個字，因此技壓全班同學的精彩故事。

當然，爲了要描述精采的劇情，這類的遊戲對話一定也非常多。舉個例子來說，美國的一款角色扮演遊戲「異域鎮

魂曲」(Planescape : Torment) 其對話檔案翻譯成中文就有100多萬字，甚至遠遠超過兩三本小說的量。如果玩者眞的願意好好、認眞地把一個遊戲玩完，不要說學到很多單字，整個語感就此培養出來也不是不可能的。而且，由於整個遊戲的劇情會吸引玩者不停地進一步探索，遊戲的連續程度又和所收集到的資料息息相關。所以，只要能夠眞的被劇情感動，主動去收集和搞懂對話的內容絕不會是讓人太過抗拒的經驗。而且，有的時候更會因為被遊戲本身吸引而進一步地想要去弄本原著來看看。

下面我就跟各位大力推薦一個當年讓我一探奇幻文學小說堂奧的一款遊戲，這款遊戲現在已經變成自由下載的軟體了，因此沒有商業上的顧慮，也不用擔心替它打廣告。

叛變克朗多

下載遊戲 http://www.tonyaustin.com/alt-tab/games/krondor play.asp (10MB)

《叛變克朗多》(Betrayal at Krondor) 是一位名叫雷蒙・費斯特 (Raymon E. Feist) 的作者所寫的奇幻文學小說，由於他個人的專長和興趣，他在故事中的戰爭場面和調

度能力頗爲精確，有人將其稱爲奇幻界的湯姆・克蘭西(Tom Clancy)。他所著的「時空裂隙之戰」(Riftwar Saga)系列也相當的受到讀者歡迎。不過，接下來我只是要單純地從原著的角度來看這部原著小說在移植和改編之後的效果如何，希望能夠透過這樣的解析，讓讀者也能夠迷上這個多年以前的好作品，甚至可以透過它開始接觸英文或是其背後的原著小說。

1.改編的難題

前幾年湯姆・克蘭西的作品《迫切的危機》(Clear and Present Danger）被改編成由哈里遜・福特主演的同名電影，雖然電影大爲賣座，但湯姆・克蘭西卻對外大放厥詞，表示電影改編得有失原著精神。其實這也不能完全怪罪到導演頭上，因爲湯姆・克蘭西的小說本來就是擅長同時處理很多個同時進行的事件，這些事件發生的地點可以在地球上的任何角落，而且時間軸都非常精確，所以改編成電影的確很容易失眞。另一部也相當賣座的《魔鬼總動員》(Total Recall)，如果有人看過原著的話會發現，所據以改編成電影的只不過是一篇諷刺意味很高的科幻短篇小說，爲什麼編劇可以把它改編成具有尼采筆下超人象徵的電影呢？

而這也是我認爲一個有原著做背景的遊戲同樣會遇到的問題：要怎樣把一個在平面媒體——書上的劇情，成功地搬上一個三度空間的媒體而不失眞。原著是不是要原封不動地改成遊戲？如果這樣做，會不會讓早已讀過原著的人們失去對劇情的新鮮感，而變成只是在走一條早已知道目的地的路而已？而如果劇情刪動、改變的幅度太大，不復本來面貌，則是不是又失去了原先用原著作爲號召的用意，讓玩者感覺受到欺騙呢？

這幾個問題，從移植的結果看來，很明顯地被「叛變克朗多」的製作小組或成功克服或巧妙避免了。製作小組選擇的不是吃力不討好地和原著去硬碰硬，相反地他們是以相同的人物、相同的背景、不同的時間來作爲遊戲的場景，一方面不讓玩者有重覆之感，另一方面也不會讓慕名而來的玩者有不適應的感覺；而時間是唯一不同的地方，製作小組面臨了三種選擇。一種是「前傳」，時間設定在原著發生之前，可以把原先小說中的一些傳說或神話具體地呈現出來，缺點則是人物都不夠熟悉，會讓玩者有疏離感，這有點類似1999年上映的《星際大戰首部曲》(Star War Episode I，這部電影談的是《星際大戰》中主角們上一輩的故事，包括了帝國如何成立，舊共和如何陷落)。另外一種則可以把時

間設定在兩部原著之間，這樣的優點是時空變遷不大，很容易讓玩者融入其中；問題是，原著不一定留有這樣的空間，而且在已知的兩段故事中間要天衣無縫地插入一段，難度會大爲增加。還有一種則是設定在原著最後一本結束的時間之後，優點是可以任編劇天馬行空地揮灑，但作者其實比較不可能同意這一條路，因爲它有可能會妨礙到作者自己本身的創作理念和計畫。

結果大家都知道了，「叛變克朗多」採用了中間的這一種方式，也算是湊巧，原著中剛好有這麼一段空白的時間，就讀者的角度來看原著之前連結十分鬆散的這一段時間，剛好成爲可以用來移植遊戲的一個完美的空窗。其次要再來看看的是這一段插入的劇情有沒有格格不入或是前後矛盾的地方，就這一點來說，「叛變克朗多」可說是做得相當優秀。會使黑暗精靈再大規模南侵的原因是，黑暗精靈們相信默曼德瑪斯十年前在塞散農並未背棄他們，而只是被秘密囚禁了起來，而這次垂涎生命之石力量的則是簇朗尼帝國法師公會，曾經看過原著的玩者也會發現四個只在遊戲中出現的人物，除了歐文（Owyn）最後被帶往法師學院外，其餘三個人都被作者給巧妙地處決了；這可能是因爲這些角色和作者相處得不夠久，所以才會這樣爲了顧及劇情銜接而痛下殺

手。不過這種作法也帶給玩者一個比較接近現實的感覺——原來陪我冒險那麼久的伙伴也是會死的，不像小說中惜命如金給人一種主角永遠不會死的超現實假象。

2.角色的設定

一般的角色扮演遊戲中，整個人物的個性都十分的平面，而讓玩者無法眞切地和角色合而為一（當然我不是認為玩完遊戲之後，玩者應該要知道角色愛吃什麼水果，我一直認為這種作法實在很蠢，把遊戲主角崇拜的偶像和最喜歡的顏色列出來有什麼用，讓玩者在遊戲過程中自然和角色合而為一才是正途，而不是弄了一個沒啥劇情的動作遊戲出來，一看大受歡迎，才又突然跑出一堆硬掰出來的個人詳細資料）。「叛變克朗多」中每遇重要情況發生時，隊員之間都會有相當精彩的對話，而從一個人說的話中，玩者也更可以了解該名角色的性格與背景，從而使得這名人物更立體化，更有生命力。

就以遊戲的第一章中，一開始出現的3個人物，拉克萊兒（Locklear）、葛拉斯（Gorath）、歐文（Owyn）來作個說明。拉克萊兒在原著中原本只是一個居於陪襯角色的人物而已，給人的感覺就像一團稀薄的影子一樣，連作者自己在

《血之皇子》(Princess of Blood) 中把他處決的方式也不是轟轟烈烈的，有點像一個影子就這麼被風吹散了；但是在「叛變克朗多」中玩者可以從他的戰鬥技能中真正感覺到他是王國中首席的劍術高手（一開始他的攻擊技能確實是最高的），也可以從他對黑暗精靈葛拉斯那種不信任、幾近殘酷的態度中，感覺到往日傷痛的記憶對他造成多大的影響（小說中拉克萊兒的初戀女友在《塞散農的黑暗》〔Darkness at Sethanon〕的阿曼加古城保衛戰中被黑暗大軍所殺，但小說中只以「留下很大的傷害」一句話帶過）。而葛拉斯這個黑暗精靈可以算是Raymond筆下所創造過最成功的人物了，幾乎從頭到尾都受到冷言冷語的對待，大夥一方面因為他是個叛將而輕視他，一方面又擔心他會再度背叛，連玩者也一直以為「叛變克朗多」中的叛變指的就是葛拉斯會再度背叛，殊不知葛拉斯是背負著全族盡被屠戮的血債，一路上和其他人一同忠心耿耿地冒險犯難，最後好不容易證明自己的清白，卻又為了拯救大家，叫歐文把自己給殺了，這種從頭到尾悲劇性的人物不但塑造得彷彿就在玩者面前一樣生動，同時也是原著中所前所未見的。

「叛變克朗多」的內容精采程度甚至遠遠超過了作者自己的原著，結局時帕格當場格殺默曼德瑪斯的一段劇情就曾

令我納悶許多日子，最後終於想通是帕格爲了徹底讓黑暗精靈絕望所演出的戲碼時，實在忍不住要爲編劇的創意叫好。當然也有一些失眞的狀況出現，阿魯沙從原著中的冷靜自制，變成了遊戲中暴君似的人物，而曾是主角的帕格在劇中的鮮活度甚至輸給了一個短命的角色法師派卓斯(Patrus)。不過，大致上來說不至於會動搖到遊戲的表現。

3.細節的注重

然而「叛變克朗多」製作小組所做的並不只是把原著搬到電腦中而已，他們實際上所做的比一個原著的讀者所能夠期望的還要多很多，他們對每一樣物品或人物除了用美工把它表現出來之外，還用了許多的敘述來加強玩者的印象，下面就以一樣物品來做例子。

Flame root oil（火焰樹根的油）：是在艾爾王國的士兵被極低溫的兵刃砍傷之後，由阿薩方（Altha Fain）所引進的，這種帶有黏性的油液可以買來當作護甲的保護層。任何極低溫的兵刃一但和這種棕色液體接觸，馬上就會回到原來的溫度。

其它還有許多類似的物品都是在原著中沒有提及的，dalatail milk，這種可以加強防禦能力的飲料，遊戲中告訴我們它是經由達拉——弱者守護神的牧師所祝福過的；kilian root oil則可以使刀劍更鋒利；naphtha則可以讓刀刃短暫的燃燒起來。這些物品除了說明，再加上使用後的效果，都使得玩者可以更加融入劇情，連一些單純的武器、護甲，遊戲製作小組也不吝加以說明。另外一個十分有趣的系統是，兵刃和護甲都可以經由祝福而加強它們的功效，而祝福又因各位神祇的性質而不同，死亡女神Lims-Kragma的祝福是最強力的，因爲她本來的職責就和這些砍砍殺殺有很大的關係，而Suug的祝福是最弱的，因爲她只擅長醫療與潔淨，這些刀兵之事本就不是她的管轄範圍。

製作小組加入的還有另一個「黑暗精靈字鎖」的設計，這從遊戲性的觀點來看是十分成功的，它提供了一種典型的美式謎題：「什麼東西丟上去是白的，掉下來之後則變成白的和黃的？」答案是雞蛋，除了可以滿足擅解文字謎題的玩家之外，因爲這類謎題組合的限制，所以擅解邏輯謎題的玩者也可以從造字的可能組合中試著去湊出正確的解答來，而完全不擅解謎的玩者也不會無法結束遊戲，因爲這些箱中所放的大部分只是一些增加玩者實力的物品，少拿了只不過會

比較不甘心而已。

這款遊戲平心而論，可擠進近10年來最佳的角色扮演遊戲之一，在深度和劇情的安排上也遠遠勝過許多其它的作品。眞的有興趣的讀者不妨想辦法下載一套來玩玩看，看看是否能在已經稍稍遜色的畫面和音效中，找到角色扮演遊戲眞正好玩的精神之所在。如果，你也被這遊戲的內涵所吸引，想要看看原著的小說，後面我們還會有專門的章節說明延伸閱讀的技巧和需要注意的事項。

好啦，如果你想要把玩電動的目的正當化，能夠按部就班地做到這個程度，其實已經差不多了。不管是在應用能力和英文常識上，應該已經贏過大多數的同輩了。這樣一來，又讓你有更多的時間和更正當的理由打電動，豈不快哉？

給家長

電腦和網路已經變成了每個家庭所必備的東西，而根據2001E-ICP東方消費者行銷資料庫的數據顯示，擁有電腦的家庭中，電腦最主要的用途是上網，其次則是電腦遊戲50.2%。在排名第一的上網中加以細分，其中又有55.6%是

以娛樂為主要目的，換句話說，這種高科技娛樂導向的風潮根本是不能避免的，既然不能避免，為何不加入它？甚至因勢利導，將其轉為己用？

無法禁止就要加以利用

快樂和愉悅的感受是人類畢生所追求的目標，難道你真的天真地認為這一切是可以改變的？既然不能，禁絕不了自己的孩子偷玩電動、偷上網咖，何不將這樣的對抗改為公開、開明的對話？「玩電玩沒關係，只要你能夠從裡面獲得知識」，這樣的對話比起「不准就是不准」要好上太多了。各位從小到大一定都有過相當不愉快的補習、或是強迫學習的經驗，至少到了這個階段應該可以體認到這樣學習的效果如何。不妨試著從今天開始用一種全新的角度去面對電玩這檔子事吧！

在這邊，我得先出賣一下青少年：遊樂器的遊戲本來就是給年齡層比較低的玩家玩的，所以許多遊戲的文字說明都很少，避免造成文化隔閡，因此，要挑到比較有學習效果的遊戲得要多花點時間才行。或者，您也可以把它當作子女單純的休閒和放鬆活動，其它時間再讓他來讀書，效果也會相

當不錯。

相對的，電腦遊戲的年齡層本來就設定比較高，因此只要照著之前所說的定義（請偷看給玩家的部分），按部就班地訓練子女從難度最低的遊戲一路玩到難度最高的角色扮演遊戲，相信他們除了娛樂之外，一定可以有額外一些收穫。

目前大多數的線上遊戲處處都是陷阱，雖然其娛樂性很高，但是讓玩者上當、受騙的危機更多，如果你以學習英文爲出發點，可能只有Everquest和Anarchy Online可以選擇，也因此在線上遊戲的部分我抱持著比較保守的態度。

帶著孩子一起玩

另外，家長們也不要以爲眞的要讓孩子透過玩電玩學英文是可以把他們丟在那邊讓他們自生自滅。天底下沒有這麼好的事情。要透過玩電玩學英文的關鍵在於，玩者必須要有想把遊戲徹底玩通弄懂的念頭；如果您的孩子有這種念頭和想法，那麼恭喜你，這道路將會順暢許多，如果他一點這樣的念頭都沒有，那麼，您就必須花費許多時間在和他溝通，甚至協助他建立這樣的機制。

如果單純地從射擊或是動作遊戲開始玩起，那麼家長應

該可以陪在一旁，跟著一起玩，或者是大概知道遊戲的內容，這樣一來，雖然這一類的遊戲英文非常少，也可以透過適時抽問的方式至少讓子女多知道幾個單字。不過，要按部就班地增加英文能力，在這個階段最好不要停留超過五個遊戲，因爲這些通用的單字在五個遊戲左右大概都重複使用過了，已經可以相當熟悉，接下來就不會有多大助益了。應該可以讓整個遊戲的流程進展到下一個階段，也就是戰略和模擬或經營類的遊戲了。

到了這個階段，家長自己的英文能力可能也必須要更爲加強，因爲這個階段會出現相當多的特別用語和專有名詞。我甚至建議家長在子女們玩這個遊戲之前先自己進修一下，自己把遊戲大概玩過，瞭解裡面許多生字和用詞的意義，最後再來帶著孩子玩。相信我，任何小孩都沒有辦法拒絕和自己的爸媽同台競技，甚至打敗他們的機會。而且，這些遊戲主要考驗的是智慧，並不是射擊和動作遊戲的手眼協調度，在這個時候，家長和子女們可以邊玩邊詢問畫面上的字句意思是什麼，避免孩子利用猜猜樂的方式，在什麼都搞不清楚的狀況下一路隨便玩。現在的許多遊戲介面越來越簡單，的確很有可能在完全搞不懂裡面的語言在說些什麼的狀況下進行一款遊戲，而這就是家長必須要全程參與，甚至有時裝傻

提出問題的原因。

在這個階段時，家長能夠參與的程度還比較高，可以透過比賽或是一起對打的方式來自然融入。當然，如果家長們眞的夠狠，覺得一定要有固定的測驗來驗收成果，那麼也可以整理出所有遇到的問題和生字，固定玩了多少時間之後再來測驗。只是，這樣就打破了單純透過娛樂來進行學習的快樂態度，效果不見得比較好。這個階段其實可以進行一年或是半年都沒有問題，而且和前面的遊戲類別一樣，並不是進到下一個階段之後就完全不能接觸這些遊戲，而是漸漸分散比例，把比例強調在新一階段的遊戲中。

等到了最複雜的冒險和角色扮演遊戲階段時，家長能夠涉入的就眞的不多了。只要確定孩子沒有弄來中文版，也沒有參考著攻略而全不參看遊戲內容。其實這個階段的進步是最快速的，因爲這兩類遊戲中充滿了各種各樣的謎題、對話，甚至有需要非常複雜的推理和聯想的問題，也由於這些問題和狀況全都是以英文描述，所以更有助於孩子們利用英文來思考，確切地沉浸在英文的環境中。家長在這個階段能夠做的就是和孩子討論，瞭解整個劇情，推測謎題應該要怎麼解。當然，爲了避免每次都被考倒，家長們或許可以考慮購買攻略本和電腦遊戲雜誌，固定看看一些比較新的資訊。

這個階段可以持續進行下去，到了最後可能家長會完全插不上手。我自己到了高二就開始在電玩雜誌寫稿、寫攻略法賺錢，電腦更新的錢全部都是自己賺來的；到了大學之後更是開始翻譯遊戲說明書、寫雜誌的稿子、翻譯遊戲的原著小說。玩電玩眞的只是浪費時間嗎？

另外，在電腦軟硬體的方面，不給予孩子太大的幫助，讓他自己摸索也是個不錯的方法。這樣至少對電腦會有一些基本的認識，像我自己就是為了要玩電腦而動手自己組裝、設定，甚至當年差點就去當寫程式的軟體設計師。這種額外的技能不是很好嗎？

玩遊戲練習英文實做篇

前面提了那麼多玩遊戲接觸英文的方法，看起來似乎不舉個遊戲的實際例子說不過去，剛好，松崗出品的「魔獸爭霸III」說明書就是我翻譯的，我也玩了不少時間，就以它作例子吧！

魔獸爭霸III

首先從這個遊戲的全名來看吧！War Craft：Reign of Chaos，雖然craft也有船艦飛行器的意思，但這個遊戲當初取名時考慮到的是它策略遊戲的本質，因此其實這裡就是戰爭技藝的意思。而它的副標題則是Reign of Chaos，前面的reign可以當作統治的意思，後面chaos是個很簡單的單字，就是渾沌的意思，這個副標題的模式其實和常用的reign of terror，恐怖統治的用法一樣，因此，可以翻作

「渾沌統治」或是再酷一點，「渾沌君臨」都可以。

在閱讀過大概的故事大綱之後，相信不少人都會對這樣的標題有些疑問。這代遊戲的主題是惡魔軍團入侵，和這裡所謂的渾沌君臨又有什麼關係呢？在西方神話的概念中，諸神（God）是代表著創造（create）與秩序（law）的力量，而惡魔（demon）則是代表著破壞（destruct）和渾沌（chaos）的力量，前者創造的是一個井然有序的世界，後者則會透過破壞和顛覆製造出一個失序的世界。因此，在本代遊戲中代表渾沌的惡魔降臨這個世界，自然就很適合用渾沌君臨這樣的副標題啦！

可以綜觀整個戰場的迷你地圖。

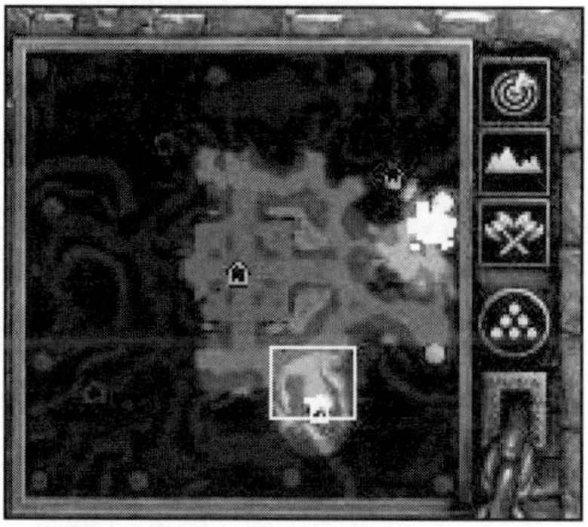

操作說明

再來看看從說明書中操縱部分能夠學到什麼東西。遊戲中在畫面下方最主要的就是可以綜觀整個戰場的迷你地圖（mini map），mini雖然大部分的人都用直接的音譯，但是它本身的意思就是縮小的意思，所以這也可以翻譯作縮小地圖。而每個部隊在下方的操縱介面中都會有自己的外型，這個東西

叫作portrait，主要的意思可以當作人物的肖像畫，當然，這裡這個字就代表著顯示每個部隊（unit，這個字也有單位的意思，但這裡用單位滿奇怪的，所以用部隊的方式稱呼比較合理，而在戰場上也的確有這樣的使用方法）。

另外，顯示在每個部隊肖像下面的則是hit Point（生命點數），這其實是約定俗成的一個使用法。hit就是擊打的意思，而point就是點數，結合在一起就是這個部隊能夠挨打多少點數的意思，雖然也有人把這個稱呼作life point，但由於hit point簡單又好記，所以就這麼流傳下來了。經常在遊戲中看到的HP就是這兩個字的縮寫。在生命點數下方的則是mana，這個字最早出現在《聖經》中，是上帝賜給逃亡的以色列人的一種白色食物，後來，這個字被引伸為神所賜的獎賞，又再輾轉變成了擁有神力或是神之力的意思，用在這款遊戲裡面就成了超自然力量的衡量標準；遊戲中常見的MP縮寫可能是mana point或者是magic point（魔法點數）。

英雄資料

再來，如果您所選到的的部隊是遊戲中所謂的英雄

▼從英雄資料上瞭解更多英文。

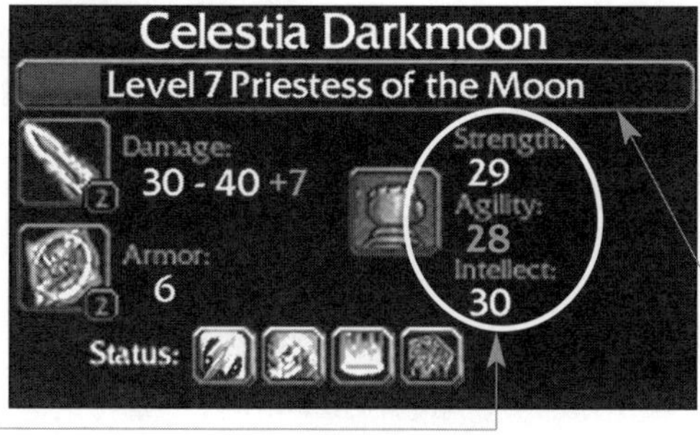

(heroes)，他們會擁有額外的幾個資料。第一個是level，一般可以稱之為等級，就代表的是英雄整體經驗的高低；我們說每棟樓第幾層可以用floor X或是level X，當然，衍生下去，動作遊戲中的第幾關也可以用level X的命名法。

第二個是Attributes，我們一般叫它屬性，也就是用數值分析這個英雄的能力的細目。這裡分成三個主要的數值strength、agility、intellect。Strength很簡單就是力量的意思，它是strong強壯的名詞；agility就是敏捷度的意思，它是agile矯健的名詞；intellect是智力，它是intelligent聰明的名詞。這些不同的屬性集合起來自然會分別影響到更進一步的數值。

另外就是在英雄圖像的最右邊，還會有好幾個看起來像是背包的圖案，這其實就是英雄用來裝備各種物品(item)和法器(artifact)的地方，它叫inventory，這可不是背包的意思，指的是你身上攜帶的所有東西。而damage這個字

就是損傷的意思，但在這裡可不是當作主角受了多少損傷喔，而是他能夠對別人所造成的傷害。Armor是盔甲的意思，但在這裡也被廣義地解釋作整體的防禦力。

另外，遊戲中最基本的三個資源也可以順便把單字熟悉一下，gold是黃金，當然是大家愛用，可以拿來雇傭兵、打造武器等等。Wood就是原木或是木頭，可以拿來作建築的原料。Food當然就是食物了，你的各個部隊都需要吃這個東西才有力氣打仗。如何運用這些有限的資源當然是很需要策略的，而且「魔獸爭霸III」是屬於即時（real time，這個意思就是同時運作，遊戲不會停下來等你；相對的名詞則是round based，回合制，雙方像下棋一樣你下完該我，我下完該你）的策略遊戲，因此，這類遊戲的縮寫是RTS（real time strategy game）。

地精飛船可以把戰鬥部隊運到天涯海角！

遊戲中可以購買來當作大型運輸艦的goblin zeppelin地精飛船的這個稱呼背後也有好玩的故事。zeppe-

lin最早並不是飛船的意思，而是人名，飛船早年也不叫zeppelin，而是貨眞價實直譯的air ship。德國齊柏林伯爵（Count Von Zeppelin，通常德國人名字中間有Von這個字代表有貴族的血統）是個工業設計的鬼才，他設計出的LZ129型飛船興登堡號直徑137呎、長804呎、容積261.549立方呎，時人形容它是「飛行的海中巨獸」（flying leviathan，後面這個字也出自於聖經，正是海中巨獸的意思）。不過，興登堡號在航行14個月之後造成大爆炸，也斷絕了飛船成爲主要載客運輸手段的未來，但後人爲了紀念這一段轟轟烈烈的交通革命史，開始用齊柏林伯爵的名號zeppelin來直接當作飛船的單字。當然，現在還是可以叫作air ship，只是它的常用程度就反而比不上zeppelin了。

遊戲中的種族

討論完這個，看看遊戲中的幾個種族吧！四個種族分別是elf精靈、human人類、orc半獸人、undead不死族。

處在生死界線之間的詭異不死族。

人類應該沒有什麼問題，undead這個字比較特殊，它是在dead死亡之前加上否

定的un，讓這個字變成「並非死亡」的意思，這類的生物會動，但又不是眞正的活著，許多恐怖片（horror movie）裡面會用living dead活死人來稱呼這樣的特殊狀態。

▲勇猛殘暴的orc怎麼在字典上查不到？

orc這個字也蠻麻煩的，字典一打進去出現的竟然是逆戟鯨、妖魔、惡魔？這原因很簡單，近代我們玩家所知道的orc典範都是來自於托爾金教授的《魔戒》，托爾金教授在引用這個字的時候，是從他最熟悉的古英國史詩《Beowulf》（貝奧武夫）裡面所套用出來的，這個字在西元800年的這篇史詩中就只有惡魔的意思，是在《魔戒》中才奠定了orc是個種族，擁有綠色或黑色皮膚，文化低落且好戰的印象，後世的所有遊戲和奇幻小說幾乎都引用了這個概念，因此這個字的近代形象誕生也不過將近50年而已。在「魔獸爭霸III」中，設計者巧妙地給予了半獸人更高的文明，讓他們有資格成爲其中一個種族。另外值得一提的是這個種族目前的領導者Thrall索爾，他的名字是有意義的；索

地精商人可以賣的東西多的是哪！

爾自小生長在人類替半獸人建造的internment camp（拘留營）中，一直是以奴隸和格鬥士（gladiator）的身分長大，因此thrall這個字本來就有被奴役囚禁的意思。

比較大的問題可能是elf這個字，雖然大家應該都看過《魔戒》，也都知道「魔獸爭霸III」裡面的elf都是又高大又俊美的，但是，爲什麼字典上只得到「小精靈」這三個字呢？因爲，elf這個字同時有兩個不同的語源和指涉，在英文中的elf就是身材矮小的超自然生物，這些生物會在人們家中出沒，如果不給他們東西吃或好好照顧他們，這些傢伙就會四處搗蛋。在《哈利波特》第2集電影中出現的家庭小精靈托比，所用的英文字就是house elf這個字，因爲作者J.K. 羅琳所引用的是英國神話傳說對於elf的概念。不過，在這個遊戲中和《魔戒》裡，elf精靈這個字的起源來自於北歐神話，在德國的傳說中，alf(elf的前身)是從巨人Ymir腐爛的血肉中生長出來的，《魔戒》的作者托爾金因對於北歐神話的熱愛，因此直接引用了這個傳說。

在托爾金筆下的精靈長生不老，熱愛與大自然天人合一的感受，同時，由於精靈是世界上最早出現的種族，因此在語言、文化、歷史和藝術上都有十分傲人的成就；精靈們通常骨架纖細，不論男女皆長得無比俊美，而且也擁有十分銳利的目光和百發百中的神射技巧，不過，也由於精靈們已經飽經世事，因此大多抱持著不主動介入歷史運行的消極態度；在《魔戒》中，精靈已經退下了歷史的舞台，準備全族遷徙到海外仙山，從此斷絕與世界的往來這兩種形象都沒有錯，只是很多字典沒有把托爾金教授賦予elf的新概念納入其中，因此才出現這樣的狀況。

另外，在遊戲中會出現的Goblin Merchant地精奸商也擁有相當複雜的背景。地精可說是近代神話傳說中形象最為多樣、來源最為複雜的生物之一，他矮小、青綠色皮膚的形象散見於居爾特、德國、法國、斯堪底那維亞的神話中，基本上可說是所有和大地相關的精怪的統一稱呼。不過，探究其歷史，勉強可以從其中分出善惡兩大類型。

地精們的外型和專長多變，但看起來就是邪惡醜陋，改不掉了啦！

一種是居爾特神話中的小褐妖(Brownie)，這種妖怪會在半夜的時候照顧牲畜、進行農務或家事，但如

果受到批評則會開始搗蛋；如果被人發現或是獻上除了食物之外的禮品，他們將會永久的離開該農家。另一種則是紅帽子（Red Cap），他們濫殺嗜血，會毫無理由地虐殺各種小動物，頭上的帽子就是利用鮮血所染成；紅帽子們也經常出沒於戰場之上，單純享受品嚐鮮血的快感。另外，托爾金在《魔戒前傳》中也曾以地精這個稱呼當作對半獸人貶抑的說法，不過，後來當他真正開始撰寫《魔戒》三部曲的時候，卻發現goblin這個字的語源是出自羅馬神話系統，和整個《魔戒》的北歐神話風格不符合，因此，也才像前文所說的一樣，把goblin這個字用orc給取代掉。

出現在近代文學和多媒體上的地精多半是4呎左右，青綠色皮膚，拿著原始的武器，語言和文明皆十分地原始，而這樣的形象則是《魔戒》中半獸人以及神話傳說中「紅帽子」的綜合體。除此之外，在《哈利波特》中掌管古靈閣的生物也同樣是goblin這個英文，只是這些生物精於算帳、管理財富的特色乃是羅琳取自於另一種羅馬神話中的生物侏儒（gnome）混和而來。很顯然，在「魔獸爭霸III」中這些地精這麼會做生意，顯然也是受到了羅琳作品的影響。

人類的英雄之一聖武士其英文名稱也有相當有趣的故事，之所以會在武士之名前面加上一個聖字，就代表著這些

傢伙在宗教信仰上遠比他人要虔誠。聖武士（paladin）的字源乃出自於神聖羅馬帝國的查里曼（Charlemagne）大帝麾下威名遠播的12名騎士，這個字暗示的是他們居住在宮殿（palace）中，並且是國王的友伴（peer，也是同儕之意）。在中古傳奇作家的筆下他們的名字可說是人言人殊，但最著名的是如下的幾位：查里曼最寵愛的外甥奧蘭多或羅蘭（Orlando or Roland，前者是義大利文，後者則是同一個名字的法文）、奧蘭多的表親里納多（Rinaldo）、巴伐力亞公爵那摩（Namo）、不列塔尼（Brittany，法國西部的地名）國王所羅門（Salomon）、大主教托平（Turpin）、出身英格蘭的阿司托佛（Astolpho）、丹麥人奧基爾（Ogier）、魔法師馬拉基基（Malagigi）。查里曼大帝也算是其中的一位，而且在許多的傳奇故事中聖武士的人數並不只限於12

▶ 他們胸前掛著的聖書代表著這些驍勇的戰士擁有相當堅貞的信仰。

位，但共通之處爲他們皆是基督教精神的忠實捍衛者，協助查里曼大帝面對各種各樣的危機，也因此，在後世的奇幻文學中，一般皆將聖武士描述爲擁有極高德行，甚至可以行神蹟的聖潔戰士，他們會爲了自己的同伴、君主和神的威名不惜犧牲一切。在這些人中，又以羅蘭忠君護主，自願面對大軍斷後，以換取查里曼大帝逃出生天的壯烈傳說最爲動人，記載他一生事蹟和冒險的《羅蘭之歌》（Chanson de Roland，英文的稱呼則是Song of Roland）日後成爲了騎士文學的開山祖師。

另外，在遊戲中精靈一族的男性幾乎都從事Druid這個職業，擁有了變身成大烏鴉和大熊的能力。許多人會照著日本人的習慣稱呼這個爲德魯依，但其實這樣的稱呼或翻譯的方法與眞正的狀況有一段距離。在進行音譯的時候，有時必須要考慮到原文的眞正念法。Druid一字其字源乃是來自於古凱爾特（Celtic，這個字在英文中同樣也有該念凱爾特還是塞爾特的爭議，因爲照英文的發音方法來說，C開頭後面接母音的確該發爲S的音，但是，在這個種族的古語中，這個字的正確念法卻是K開頭的凱爾特。因此，在考古界和文學界的確爲此掀起了相當不小的爭議。後來，慣例是在稱呼這個古文明的相關事務時以凱爾特發音，但若是無關的字眼

時，像是NBA中的Celtic隊，就可以唸作塞爾提克隊）文明中的祭司，同時還兼任醫生、知識的傳承者、管理者等等任務。而其發音方式以英文的習慣乃是dr-ui-d其音譯較為接近「督伊德」，一般人慣用的「德魯依」是d-rui，與其英文原音相去甚遠。除此之外，以晚近的歷史語言學家的主張來看，此字較為正確的音譯法應該參照其古文的唸法。凱爾特文明於西元前350年入侵愛爾蘭，其語言演化為戈伊德爾語（Goidelic），近代則演變為凱爾特語言分支中碩果僅存的蓋爾語（Gaelic），在蘇格蘭和愛爾蘭分別有5萬人和1萬人使用各自的蓋爾語。亦即是說，當今世界上最接近Druid原古文發音的即為蓋爾語中對於Druid的唸法，而蓋爾語中的Druid唸法為drid，也讓「督伊德」成為目前最為接近的音譯法。因此，我在「魔獸爭霸III」的說明書中捨棄了積非成是的「德魯依」，而採用「督伊德」的音譯，希望能夠讓各位日後不要因為錯誤的音譯而誤解了原文的讀音。

在遊戲的最後段落，我想要跟讀者分享一下對於這個遊戲手冊翻譯的感想。我雖然不是翻譯的專家，但在遊戲翻譯方面也還有過不少的經驗。這次的「魔獸爭霸III」的確難翻譯，原因很簡單，這雖然是款美國製造和設計的遊戲，但是這次在整個風格上可說是文化大雜燴；不死系和人類系還是

傳統的西方風味，但是夜精靈和半獸人卻引入了大量的東方風格，連發音的腔調和美工風格都相當地明顯。光是從騎著老虎的英雄就可以判斷出來這絕不是西方神話傳說中的形象，因爲老虎其實只出現在東亞、印度以及西伯利亞一代，根本不可能混入西方的神話中；半獸人中的大劍師（Blade Master）戴著大念珠，拿著武士刀大喊日本腔調更是再明顯不過了；而狩魔獵人（Demon Hunter）的外型更是讓人想到日本漫畫《神劍闖江湖》中的魚沼宇水，以及他所使用的心眼絕招。（暗示：據說這次裡面的部隊對話中，還有提到劍心喔！）

所以「魔獸爭霸III」根本上算是西方和東方文明的對抗；西方文明的人類對抗東方文明的半獸人，西方文化的不死生物對抗東方文化的夜精靈。在翻譯的時候，我盡量做到把每個種族背後的文化義涵給轉述出來，所以，半獸人和夜精靈的中文翻譯都充滿了東方的風格，而不死族和人類還是保有原先的西方風格。以我個人的看法認爲，這樣才眞正忠實地傳達了遊戲設計公司Blizzard的設計理念，而非西方傳來的東西就一定要保留西方的風格，這點可是很有彈性的！

（本章所有圖片由松崗科技公司提供）

看美式漫畫學英文

我說過，我的英文幾乎全部都是從這些不起眼的娛樂媒體上學來的。在討論完了有互動性的遊戲之後，再來看看字比較少，圖像比較多，比小說容易讓人接受的美式漫畫吧！

超級英雄漫畫

在美式漫畫中最爲大宗的就是所謂的超級英雄（Super Hero）漫畫。而這類的漫畫由於最近大量地被改編成電影，因此又成了最受歡迎的讀物之一；聽說大陸以出版經典文學著名的譯林出版社也趁著《蜘蛛人》（Spiderman，又譯《蜘蛛俠》）得熱潮推出了電影改編的版本，可見這風潮有多熱絡。不過，要討論這種超級英雄充斥的美式漫畫風格，就一定得由超級英雄的始祖、暱稱爲「大藍」（Big Blue）的《超人》開始講起。

1933年一個酷熱的夜裡，超人之父傑力．西傑爾因難以入睡而徹夜不眠地完成這美國近代民族英雄的雛形。一般人所不知道的是，在這穿著紅色披風的人物尚未命名時，他是一個意圖統治地球的壞蛋，直到傑力從哲學家尼采著作中獲得了靈感，將他命名為Superman(德語中的ubermansch)之後，他才被平反成目前所知的克里普頓星球的好好先生。當時DC出版的這個人物受到了難以想像的歡迎，一時間各家的超級英雄紛紛出籠，包括了美國上校（American Captain)、閃電俠（Flash)、蝙蝠俠（Batman）等等我們所熟知的英雄都是在這個時候誕生的，目前最大的漫畫公司Marvel也跟著這股時代的潮流成立了。

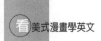

這股超級英雄的風潮持續到1945年左右開始慢慢衰退，書報攤（book stand，也就是像街角的售報亭啦）上的超級英雄開始被恐怖、鬼怪、黑社會、愛情的漫畫所取代，眼看著英雄的時代就要過去。此時，一名在耶魯法學院教導精神病學和心理療法的魏特漢博士推出了一本名為《被誘惑的無辜者》(Seduction of Innocent）的專書，在這本厚達397頁的著作中，他將漫畫和誘導少年犯罪畫上了等號，極端痛恨超級英雄的他甚至將蝙蝠俠的助手羅賓所穿著的短褲和他與蝙蝠俠之間互相捨命拯救的關係解釋成同性戀的暗示

這就是美國漫畫的認證標誌。

（當然，他刻意忽略了兩人事實上為養父子的關係），讓人始料所未及的是，這本著作和之後所掀起的爭議，反而讓超級英雄們重新登上了舞台。

魏特漢的著作讓美國國會為此舉辦了一次聽證會，漫畫業者們並因此決定採取了自我審查的自律措施，許多原先頗受歡迎的漫畫在這種尺度下無法出版，眾多公司只好把腦筋動回到「政治正確」的超級英雄們身上，眾多英雄和英雌們自此又再度和邪惡展開了永不止息的戰鬥。直到今日，幾乎在所有大漫畫公司出版的漫畫封面上都會有一個小圖，中間是一個A，兩邊由兩個C環繞，這所代表的就是「經過漫畫自律規章認可」（Approved by the comics code authority）。嚴格來看，這些所謂的漫畫自律規章其實相當可笑，甚至包括一些人物穿著必須符合社會正面態度等等的規範，所以，進入21世紀之後，有一些出版社已經根本不再擺放這種標誌了。

美式漫畫除了用色鮮豔、分鏡明確、肌肉和動作線條強烈的特殊視覺風格之外，還有三個與日本漫畫不同的特點。其一，各本漫畫大多數是每月出版一本，並沒有像日本漫畫一樣以周刊形式出現，之後再集結出單行本；相反的，所謂

的合集反而是要看原先銷售量夠好才有可能推出，也因此美式漫畫收藏、保值、投資的市場相當大。

其二是跨界表演（crossover）多，也就是不同漫畫的主角常常出現在同一個故事中，從1940年Marvel第一次讓他們旗下的兩名英雄會合開始，讀者就可以常常看到超人和蝙蝠俠合作、蜘蛛人和Xmen（中譯爲「X戰警」）合作，前一陣子DC和Marvel也出了不少兩邊英雄亦敵亦友的聯合作品，甚至還有蝙蝠俠大戰異形，Xmen出現在《銀河飛龍》（Star Trek）中的故事。如果看慣日本漫畫的讀者不能理解，不妨想像一下飛影大戰比克，孫悟空與浦飯幽助攜手的畫面吧！

其三是外傳或是個人系列（spin off）多，所謂的spin off就是英雄團隊中的角色獨立出來擁有自己的故事，但故事內容卻又和整體劇情的安排息息相關；例如蝙蝠俠的助手羅賓有自己的獨立作品，甚至連超人的女友路易絲都有過自己的連載。不久前由於《X戰警》中的金剛狼（Wolverine）太受歡迎，之前已經推出過不少次以他個人爲主的系列，但最後Marvel終於決定將他的過去一次揭露，還造成了不小的震撼哩。

美國的漫畫出版公司

在對美式漫畫的特色有了一定的了解之後，接下來再看看三家和電影最有關係的漫畫出版公司，DC、Marvel和Darkhorse。

D C

D C是旗下漫畫改編電影最多的公司。《超人》和《蝙蝠俠》都是它的作品。超人在1到3集的電影結束之後，由於其地位的崇高，一直都是最會製造新聞的超級英雄。從1993年壯烈的《超人之死》和復活，到經過了58年愛情長跑之後，超人終於和路易絲結婚了，大都會的上空飛滿了DC的各名英雄，一起見證兩人堅貞的愛情。

「蝙蝠俠系列」在電影賣座上一直都是常勝軍，因爲導演提姆·波頓（Tim Burton）所創造出來的整體環境和角色擺脫了漫畫的幼稚，比較忠於原著的陰沉精神。1989年的《蝙蝠俠》第1集中，波頓做了許多的改變，包括了將蝙蝠俠原先外罩黑色披風，內穿灰色勁裝的造型做了改變——由於蝙蝠俠不具任何特殊能力，所以新的裝束變成強調肌肉線

條、刀槍不入的緊身皮衣，更符合其黑騎士（Dark Knight）的稱號，也因此回頭改變了漫畫中的造型；爲了要讓劇情更具張力，編劇更將小丑變成殺害蝙蝠俠父母的兇手，雖然和漫畫不相容，卻讓影迷們更爲喜愛這部片。此外，電影中將蝙蝠車等等的配備立體化，除了贏得了一座奧斯卡外，更回頭掀起玩具和漫畫的熱潮，其後每一集電影幾乎都是當年首映最賣座的影片；不過最後一集《急凍人》由於長得像熊貓的庫隆尼老兄不受歡迎，成了成本最高、回收最低的續集。

Marvel

Marvel是最大的漫畫出版公司，旗下最受歡迎的是《X戰警》（Xmen）和《蜘蛛人》（Spiderman）系列。《X戰警》如同它的前輩超人和蝙蝠俠一樣，都是暢銷漫畫。它誕生於1963年，起初由於並不受到注目，因此以雙月刊的形式出版，但兩年之內就因爲大受歡迎而改爲月刊。在它創刊的那段時期，美國正好面臨甘迺迪遇刺、美蘇冷戰、麥卡錫主義風行等等的挑戰，也因此，這漫畫的故事劇情也相當契合當時的時代背景。

《X戰警》是以許多基因突變、擁有特殊能力的突變人

（Mutant）爲主角，在「非我族類，其心必殊」的心態下，這些突變人受到種種的歧視、排擠和迫害；擁有強大心靈感應能力的X教授（Xavier）認爲人類必須要和突變人和平共存，因此收容許多突變人，成立了「X戰警」，爲遠大的目標而努力。X教授的昔日好友馬革那斯（Magnus）則因爲歷經納粹奧茲維許集中營的恐怖，認爲突變人應該盡一切可能捍衛自身的權利——即使這象徵了統治世界也在所不惜。因此，他捨棄了人性，成爲操縱一切磁力的「萬磁王」（Magneto，其實也就可以當作磁鐵的意思，X戰警中的人物取名多半和他們的特殊能力有直接關係），帶領著一群擁有特殊能力的邪惡突變人同樣努力不懈。

在這漫長的37年中，《X戰警》的漫畫不只從未間斷，更因爲許多角色極受歡迎，也推出了專屬的特刊；最受歡迎的角色「金剛狼」（Wolverine）就擁有自己的專屬漫畫，以同一個世界爲背景的漫畫也開始紛紛出籠，《X-Force》、《X-Factor》這些描述其他突變人團隊的漫畫不過是其中較爲成功的例子。漫畫的劇情也不斷地加入各種各樣的科幻概念：基因工程（genetic engineering）、時光旅行（time travel）、複製人（clone）等等都是《X戰警》系列漫畫中常見的主題。也因此，各種平行世界和歷史轉捩點也

讓編劇們有了更大發揮的空間。

發行公司Marvel靠著《X戰警》系列漫畫的成功，躍升爲最大的漫畫公司。在《超人》、《蝙蝠俠》的漫畫都改編成電影之後，漫畫迷們不只常常發起大規模的簽名連署活動，要求開拍《X戰警》的電影，更時常在網路上票選最適合的演員，因此，當福斯公司進行選角工作時，「夏威亞」由網路票選第一名的「畢凱艦長」派崔克史都華飾演並非意外。近來大受歡迎的蜘蛛人則是比較特殊的英雄，由於漫畫中的主角彼得·帕克（Peter Park）一直在報社擔任記者，背後並沒有什麼超人的外星科技，或是蝙蝠俠那種富可敵國的企業支援，所以他可說是最貧困的超級英雄啊！這也是爲什麼可憐的蜘蛛人在電影中還拍攝自己出沒的照片的緣故。

Darkhorse

Darkhorse這家公司是以其和電影結合推出的作品出名。他們將已經結束的電影作品藉由漫畫繼續延續下去，並且給予其全新的視野，《異形》（Alien）和原先是英國漫畫的《超時空戰警》（Judge Dredd）是目前最熱門的產品。《異形》雖然第3集電影失利，但是由H.R.Giger所創造出

的這種無法阻擋的怪獸造型已經深入人心，Darkhorse延續整個時空的設定，繼續述說這場人類和異形之間的慘烈搏鬥。由於幾乎曾經改編成電影的漫畫版權都在這家公司手裡，所以各種各樣的crossover特別多，讀者可以看到異形和蝙蝠俠、爵德法官和《終極戰士》中醜陋的外星獵人同台競技的畫面，這是它們最大的賣點。另外，這家公司也有很多《星際大戰》（Star Wars）的授權漫畫，星戰迷們不應該錯過。

Image

由於美國漫畫市場幾乎皆由兩家大公司獨占，因此獨立的漫畫公司十分難以生存，Image卻是一個少見的異數。曾經繪製蜘蛛人，改變他的服裝造型，並且創造出大受歡迎的反派角色猛毒（Venom，是一個被外星生物寄生的地球人，外型猙獰恐怖，據說也有可能出現在《蜘蛛人》第2集中），30歲就成爲漫畫界明星的陶德·麥法蘭由於一直想要創作驚世駭俗的作品，和Marvel當局理念不合，因此於1992年離開Marvel，和志同道合的數人創立這家公司，隨即推出的《Spawn》（玩具廠商翻譯爲「再生俠」）更是創下

了獨立公司的銷售記錄，造成了一股席捲全美國的風潮。

從1980年以來，美國漫畫中的英雄人物開始變得越來越反傳統，不再是超人那種完人性格，反而越來越偏向亦正亦邪，道德標準模糊的社會邊緣人，1992年出現的《Spawn》（閃靈悍將，這個字本來只有爪牙的意思，在這裡是地獄爪牙之意）就是這股風格的極致之作——主角只是具腐爛的活死人！故事中的主角是一名被政府出賣的頂尖殺手，爲了要再見到摯愛的妻子，他用靈魂和地獄換取了重生的機會，搖身變成容貌無比醜陋、穿著紅披風、掛著鐵鍊的不死怪物。5年後他回到地球，卻發現妻子已經改嫁，地獄也處心積慮地想要摧毀他內心最後的人性，將他收編爲地獄的大將，無情獵殺地獄爪牙的天國戰隊更是毫不鬆懈地追殺他。整體的繪畫風格以大膽、血腥、風格詭異、劇情牽扯天國與地獄等等一般漫畫視爲畏途的特殊內容爲特色。

當時連最大的兩家公司都必須要和玩具廠商合作才能夠生產玩具，而高瞻遠矚吃定玩具市場的麥法蘭，在眾人一開始都不看好的狀況下自己開設玩具公司，幾乎同步地生產漫畫中的各種角色、各種形式的玩具模型，甚至連只出現一兩頁就消失的角色都有專屬的玩具，造成了玩具市場的收藏保值風潮。他所生產的玩具大多是屬於「可動人偶」（action

figure)，做得相當精緻漂亮。

看漫畫學英文的訣竅

看漫畫來接觸英文的方法並不難，只有幾個地方需要注意。美式漫畫每本都不會太厚，且由於閱讀的對象多半都是國小到高中的學生，所以對話和旁白都相當地簡單，本來就是「讀」英文的一個好入門。不過，由於他們的出版大多是每月一次，所以在劇情的安排上都會以一段時間爲一個主軸，這段時間所有相關系列的漫畫都會以該主題爲主要內容。舉例來說，在1994到1995年，編劇們甚至設定出了另一個平行世界，將所有角色的正邪、背景全部顚倒，由於X教授提前死亡，因此讓魔王Apocalypse（啓示錄）統治了美國，原先是X戰警宿敵的萬磁王成了新的X戰警首領，率領眾人在已成廢墟的土地上苟延殘喘，獨目龍成了邪惡一方的暗殺小組首領，萬磁王甚至成了羅煞（Rogue，電影中翻成小淘氣，但實際意義是盜賊。她取這個名字主要是由於她的專長是不受控制地吸取他人的記憶和能力，所以她身上的飛行力和怪力都是吸收別人的力量而來。）的愛人。所以，

除非剛好在單元主題剛開始的時候就看，否則一定會有點摸不著頭緒。建議可以挑選已經有一定熟悉度的漫畫，《X戰警》、《蜘蛛人》、《蝙蝠俠》都是相當不錯的選擇。

前面提到，基本上，在台灣大概高中程度，甚至國三程度，搭配上畫面，瞭解漫畫的內容就已經沒問題了，比較不能理解的可能就是兩個地方：狀聲詞和腔調。美式漫畫也和日本一樣，必須要用一些描述聲音的字詞來形容很多動作所造成的聲響，基本上這並不算是單字，大多數是漫畫家隨機創造出來的，通常只要把它唸出來就可以理解了，不過也有一些例外。Boom基本上就是爆炸時的轟隆聲，kaboom就是喀轟，也是爆炸聲，vrrmm如果想辦法發音出來就是引擎發動的低沉聲音，screetch就是尖銳的摩擦聲，車子急轉彎，或者用指甲刮黑板都是這種聲音；許多母音和子音的出現次數增加表示這聲音的長度也跟著增加。

另外，也有把動詞拿來當作狀聲詞的，像是click本來就是按下什麼東西的意思，但在漫畫中會被當作按下東西的喀達聲，而sniff本來就有嗅聞的意思，在漫畫中則是會被當作嗅聞時所發出的聲音、不過，也有一些是文化隔閡之下，導致即使唸出聲音來，也不太懂到底是什麼意思的狀況：arf（阿福？）是狗叫的聲音，oink（歐因克？）是豬

叫的聲音、zap則是模仿電力所發出的霹啪聲。說實話，這幾個眞的想破頭也很難理解，不過，幸好是漫畫，看看這些字出現的位置就應該可以知道大概的意思。

還有一個標準教材不會出現的問題：口音和腔調。舉個例子來說，《X戰警》裡面的Rogue是德州人，所以她的對話經常是這樣的：Ah know what t' do, but Ah just don't know when t' do it.這其實是模仿那種特殊的德州腔。德州佬的英文有些特殊的習慣，譬如說I這個字發完音之後嘴巴不閉起來，聽起來就像是ah，而他們的to也用很快的速度發音混過去，所以聽起來就跟單純的t'一樣。因此，前句話翻成正確的英文其實就是I know what to do, but I just don't know when to do it.漫畫中的金牌手（Gambit）則是一口法國腔，因此that會發成dat，語句後面也往往會加上mon ami（my friend，吾友）之類的口頭禪。基本上，這所謂的腔調和口音是讓人唸出來，以便瞭解書中角色眞正開口說話時的樣子，不需要多久就可以習慣；書中角色大舌頭或者是結巴時也是類似的作法，基本上只要習慣就好了。

如果需要美式漫畫的資源，在國內有一些書店會固定販賣美式漫畫，不過要說起最多的還是一家叫作「BANANA」的美式漫畫店，這家店最近才剛搬到台北市信義路2段86巷

6號1樓的新地址去，有興趣的人可以去找找看——我跟老闆眞的不熟，說我推薦不會有打折的。另外，在「亞特蘭提斯」BBS站telnet://atlantis.twbbs.org/裡面也有「超級英雄版」，有不少對此相當熱衷的同好，有興趣的網友可以去該處參加討論，應該會比較有收穫，也可以解決看美式漫畫過程中的無聊。

看影集碰英文

如果漫畫的互動性對您來說還是不夠，那麼另外一個可能性就是去看電視影集了。我自己剛好也是諸多影集的忠實觀眾，所以在這邊先介紹一下我最喜歡的影集，看看各位是否也有同樣的興趣，進而從中獲取一些新的體驗！

看影集快速培養語感

觀看電視影集時，除了完全處在英語包圍的情境中（當然，聽配音就根本沒有效果了），可以快速地培養語感之外，也可以因爲你對於其中劇情和人物的愛好，主動去網路上認識或是尋找一些相關的資料；這些資料幾乎都是英文的，這樣，不就又幫你找到一個玩樂中接觸英文的機會了嗎？當然，如果你的實力培養到了一定程度，其實對這些影集還會有更進一步的瞭解，包括其中的文化、笑點，都是進

一步擁抱語感的途徑。許多時候，聽到影集裡面的玩笑，必須要徹底瞭解對方的幽默感才能夠笑得出來。這樣一來，即使是在看情境喜劇（sit-com，situation comedy）的時候，你也可以辯解說自己是在更進一步瞭解英文，這樣不是很快樂嗎？

Star Trek

Space, the final frontier. These are the voyages of the starship: Enterprise.

It's continuing mission: To explore strange new worlds. To seek out new life, and new civilizations. To boldly go where no one has gone before!

「太空，人類的終極邊疆。星艦企業號的旅程，就是爲了要繼續探索這個全然未知的世界，尋找新生命，和新文明。勇敢地航向人類足跡……從未踏至的領域。」

一聽到這一段熟悉的引言，許多人一定開始熱血沸騰了起來。這是Star Trek系列（國內翻譯有「星艦迷航記」、「星艦奇航記」、「銀河飛龍」、「星際爭霸」等）的開頭語。這個影集在全世界科幻迷的心目中擁有相當經典的地位，也因此會經常出現在許多電影或影集的對話中。《Star

Trek》是Gene Roddenberry在1965年開始製作的一部科幻影集，雖然起初並沒有多好的收視率，但卻意外地吸引了一群十分忠實的支持者，也因此各個頻道開始不斷重播這短短的數十集內容。隨後，又在一堆影迷的支持下推出了電影。1976年，美國航空太空總署（NASA）甚至接到了40萬封要求將第一架出廠的太空梭（space shuttle）命名爲Enterprise的信件，於是，第一艘用來進行飛行、著陸用的太空梭就被命名爲Enterprise。

光是這個Enterprise的故事就有一籮筐。歷史上有許多艘被命名爲「企業號」(Enterprise，不過，因爲這個字本身也有積極進取的意思，所以早年國內也翻爲「勇往號」。Entrepreneur雖然一般泛指企業家，但更深入的意義其實是專指那些白手起家的創業者）的船隻，著名的如二次大戰中戰績輝煌的CV-6、美國第一艘核子動力航空母艦CVN-65，其他還有5艘是爲了在太空中航行製造的。

美國第一艘太空梭，啓用於西元1976年；星際聯邦（它的縮寫是UFP，United Federation of Planet，亦即是由星球組成的聯邦之意。這個字的創造是模仿自聯合國，United Nation）艦隊第一艘憲法級星艦NCC-1701，啓用於西元2245年；NCC-1701-A是爲紀念第一艘「企業號」

毀於創世星事件，啓用於西元2286年，並且自此建立了一個傳統，星艦總部（Starfleet Headquarter，星際聯邦艦隊總部的意思）爲了延續「企業號」「勇敢航向前所未至的宇宙洪荒」的精神，在每一艘舊的「企業號」除役或被毀後，會將艦隊中最大最好的船艦命名爲「企業號」，以表示這精神生生不息。例如，NCC-1701-B「企業號」精進級星艦（Excelsior Class），星聯艦隊史上最偉大的艦長James T. Kirk爲拯救這艘星艦而殉職；NCC-1701-C，星聯第四艘大使級星艦（Ambassador Class），於那瑞達三號克林貢前哨站保衛戰中失蹤，該艦的英勇作戰奠定了星聯與克林貢帝國的和解；NCC-1701-D，銀河級星艦（Galaxy Class），啓用於西元2363年，摧毀於一名科學家意圖更改時空裂隙運行方向的陰謀中；NCC-1701-E企業號，元首級星艦（Sovereign Class），幾乎可以說是星聯第一艘的大型戰鬥艦（battle ship），是專門用來對抗博格人（Borg，這個字是擷取自Cyborg）的超級兵器。

Star Trek是科幻影集(SF，science fiction，前者是科學，後者可以視作虛構或是小說的意思，所以翻作科幻是很理所當然的事情)，它吸引人的地方自然是擁有許多科學、人性和哲學的探討，也正是因爲這樣它才能夠如此持續

地吸引人們數十年的眼光。這部影集目前在亞洲的Hallmark頻道播放第四代Star Trek:Voyager（中譯爲：星際爭霸重返地球），其故事內容是描述一艘聯邦星艦被意外送到Delta Quadrant（在ST中的宇宙劃分成四個象限Quadrant，這就有點像我們國中時學的座標圖，星聯所在的是Alpha Quadrant，這艘星艦航海家號被送到的則是距離遙遠的另一個象限，因此回家要好幾十年）。而在美國則正在播放以Enterprise爲名的影集，裡面的內容則是回頭描述人類剛具有曲速航行（warp，這個又是一個科幻的概念，利用打穿子空間〔sub space〕的概念來避免掉相對論的問題進行超光速航行）的第一艘企業號冒險的故事。

1.科幻影集字彙

由於本書的主題並非是探討科幻的精彩，因此我在這邊就先專注於裡面所出現的一些特殊的字眼好了。一般來說，爲了描述未來的世界，在這樣的科幻影集中會出現很多的杜撰字眼，甚至是一連串的假設性理論，我們會暱稱爲techno babble，babble是說話含糊不清或是嘮叨的意思，在這裡也就是用一大堆專有名詞砸人含混過去的意思，所以可以稱之爲「科技瞎掰」。不過，也有人因爲babble跟bubble很

像，所以又把它稱作科技泡泡，但可別眞的把這兩個字搞混了唷！

在第二代影集中開始出現了一種相當恐怖的種族，博格人（Borg），他們的專長就是同化（assimilate）其它人，利用微探針（nano probe，其實這個nano就是最近非常火熱的奈米技術，古早的時候又翻作次微米。這些小探針可以透過每個身上所具有的各種微小儀器來徹底強化或是改造一個人的能力和外表）注射的方式將每種生物變成他們集合體（collective）的一員，因此，他們的對話都相當沒有人味，如同機械一般，他們的族群分類是聯合母體（unimatrix，沒錯，matrix這個字就是《駭客任務》的電影英文原名），每個人都有各自的小組編號。他們最常見的口頭禪是：Resistance is futile, you will be assimilated.（抵抗是無用的，你們必會被同化。）你可以拿這句話來跟老外開玩笑，他們大多數應該都聽得懂。另一句熱門話則是瓦肯人（Vulcan）打招呼用的：Live long and prosper.（祝你長壽美滿），如果配上招牌手勢，大多數的人也會會心一笑喔！

啊，一不小心扯遠了。博格人這個字主要有趣的地方是在於它是由cyborg這個字來的，而cyborg又是由兩個字合體的，第一個字是cybernetic，第二個字是organism。第

一個字在國內一直沒有確定的譯名，但一般的工科學生應該都有聽過，就是系統控工學或是神經機械學。這個字最早被創造出來時是描述一門學科，這個學科的主要目的是研究人類的神經系統和電腦系統之間的類似程度和相關性，因此，這門學科發展到後來，就變成研究人類肉體和仿製的類神經系統連結的實用性，所以後來又進一步發展了和有機體（organism）之間結合的研究，兩個字各取前三個字合在一起就成了cyborg。這個字除了在科幻小說中描述身上裝滿機械裝置的改造人之外，目前在現實生活中的用法則是泛指那些身上裝有輔助性的電子裝置的人，裝有義肢（artificial limb）或是各種電子植入物（implant）的都算是cyborg的一種。

2.是fan還是mania?

如果你像我一樣是沉迷於《Star Trek》，家裡面買了一大堆相關的書籍漫畫和海報，那麼你也可以自稱爲星艦迷，只是，這個「星艦迷」的英文有一些陷阱在其中。目前世界上有很多星艦迷自稱爲Trekkie，你甚至可以在字典裡面查到這個字，但它的旁邊通常會有另一個字Trekker，許多人就因爲這個樣子而開始自稱Trekkie，但其實，Trekker和

Trekkie的差別就跟fan（迷）和mania（狂熱者，或者可以用日文otaku替代）是一樣的。在由Trek演變到Trekkie的過程中，其實這樣直接增加在字尾加ie的用法是隱含有貶損意味的，因此，像是魔戒迷們會自稱為Ringer，而不是負面的Ringie。

以junkie這個字來說，它是由junk（垃圾）衍生而來，但後來被加入了吸毒上癮者的意義，到了近20年，這個字又被更廣泛地引用來稱呼對某樣東西極度著迷到不可自拔的人們。Comic junkie（漫畫狂）、game junkie（遊戲狂）就是其中的幾個用法，貶損的意味相當明顯。國外的星艦迷甚至整理出了一個搞笑的Trekkie和Trekker的對照表，我把它擷取在後面，翻譯其中的一些意思，相信各位星艦迷們在看了這段描述之後，就會知道以後該用那個字來描述自己著迷的程度了吧！

A Trekker wears a Starfleet uniform to a convention because it's fun.
星艦迷穿星艦制服去參加星迷大會是因為很好玩。
A Trekkie wears a Starfleet uniform to a convention because s/he has heard that it is in style at the academy.

星艦狂穿星艦制服去參加星迷大會是因爲他或她聽說這樣是星艦學院中的最新流行（意指星艦狂搞不清楚眞實生活和戲劇的差異）。

A Trekker has a Starfleet Academy window sticker on his car.
星艦迷會在車子的窗户上貼星艦學院的貼紙。

A Trekkie is cramming for the entrance exams.
星艦狂會拚命準備星艦學院入學測驗。

A Trekker loves watching the show, nitpicking and discussing it with friends.
星艦迷會收看影集，挑剔裡面的錯誤，並且和朋友們討論。

A Trekkie loves watching those documentaries filmed aboard the Enterprise.
星艦狂喜歡看那些在星艦企業號上拍攝的紀錄片。

A Trekker thinks that it is a shame that the show is coming to an end.
星艦迷認爲電視影集要結束眞可惜。

A Trekkie thinks that it is a shame that the crew is being reassigned and the Enterprise is being decommissioned.
星艦狂認爲星艦企業號要退役，船上的成員都要被改分發到其它地方眞可惜。

A Trekker knows that there are gaping holes in the technology, but ignores them and enjoys the show.
星艦迷知道影集的科技和現代有差異，但會忽視這些細節，繼續欣賞影集。

A Trekkie can't wait for the price to come down on those home food replicator units.
星艦狂迫不及待想知道家庭食物複製機上市價格。

A Trekker buys pips for the rank s/he wants to be.
星艦迷購買自己想要的階級領章。

A Trekkie wonders why he is constantly passed over for promotion.
星艦狂會一直不明白爲何每次的晉升都輪不到他。

A Trekker tells his/her new girl/boyfriend that s/he really likes Star Trek.
星艦迷會告訴他或她的新男朋友或新女朋友，自己非常喜歡星艦影集。

A Trekkie's new girl/boyfriend is an underclassman at the academy.
星艦狂的新男朋友或女朋友會是星艦學院的新生。

A Trekker wonders what sex in zero g would be like.
星艦迷會幻想零重力時的性行爲是什麼樣子。

A Trekkie wonders what sex would be like.
星艦狂不知道性行爲是什麼樣子。

簡單地說，Trekker就是Enjoy Star Trek but with real life的人，但Trekkie則是Got only Star Trek, no real life。要做哪種人，關鍵在你自己身上囉！

看小說玩英文

一路寫過來，終於已經到了娛樂英文的最後一個階段：看小說。關於這個部分的方法，我必須要老實說，如果貿然就要求你從純文學的作品開始讀起，可能太過痛苦了些。所以，我建議大家從電影的原著小說開始讀起，一方面看過電影，已經對於劇情有了一些大概的瞭解，另一方面，至少也可以確定自己會對這本小說的大概內容感興趣，免得到時候花了很多時間看一本自己不喜歡的小說，打壞了透過看小說接觸英文的興致。既然我們要從原著小說入門，那麼至少應該先瞭解一下原著小說之間的分類吧！

電影原著小說的類型

實際上一般通稱的原著小說類型並不單純，大致可以分成以下三種：

第一種是眞正的原著，也就是電影公司從作者的手上買下暢銷書改編的版權，由導演和編劇來對原著小說加以改編，如果原作者非常大牌，可能還可以對改編的方式表達意見，甚至干涉拍片的過程。像電影《殺戮時刻》(A Time to Kill) 中，由於原作者約翰・葛理漢(John Grisham)承認這是一部半自傳性的小說，所以他還可以對男主角的挑選表示意見，當時還沒沒無聞的主角馬修麥康納就是因爲跟作者心目中的形象十分接近才會雀屏中選；同樣的狀況也發生在《哈利波特》拍攝的時候，據說羅琳女士也是從頭到尾參加選角的工作。

這一類的小說除非是重新包裝，否則書的封面不會特別標注有改編的電影出品，不過，近年來電影上映爲原著帶來的商機不可忽視，所以這些作品多半都會配上電影劇照推出新版本。史蒂芬・金(Stephen King)的〈刺激1995〉原來是放在名爲《四季》(Four Season) 的短篇小說中集的一篇，多年以後才改編爲賣座電影，許多影迷努力地以 Shawhanks' Redemption 爲書名來找這本書，白花了許多時間。而像華勒(Robert James Waller) 原著的《麥迪遜之橋》在電影上映前，早就連續掛在紐約時報暢銷書排行榜長達164周，自然不需要那麼依靠電影來哄抬聲勢。這一類的

原著小說才能夠看出導演改編的功力，電影本身也常常由於導演的詮釋不夠傳神，而讓書迷們破口大罵。

第二種的所謂原著小說，血統並不是十分純正。它們是由電影的編劇或是其他人捉刀，將電影劇本改編成不同的文體，變成易於閱讀的小說，可以算是電影的一種周邊產品。《魔鬼大帝》(True Lie)，《蝙蝠俠》(這又牽扯到漫畫的問題)、《駭客任務》(The Matrix) 就是三個例子。這一類的產品提供了一個讓影迷時時回味的管道，雖然不可能有機會像前者一樣可以比較改編的功力。Penguin 出版社就有一系列這樣的作品，雖然文采不見得比較好，但是經過簡化的用詞和內容卻蠻適合初入門的讀者。

第三種嚴格來說應該稱爲電影衍生小說。它是利用某些暢銷電影的背景和設定來撰寫小說，裡面會有許多精彩的，沒有機會搬上大螢幕的劇情，作者的權限被限制於不可以改變主要人物的個性、已經搬上銀幕的劇情，當然更不可能顚覆整個電影的精神，在其餘的方面作者則可以盡情發揮。著名的有「星際大戰」、「Star Trek」系列，前者有30本以上，後者則已經破百。比較沒有名氣的還有「終極戰士vs.異形」(Predator vs. Alien) 系列，兩種怪異的外星人在這系列小說中展開有趣的糾纏。

比較特殊的一個例子是達斯汀霍夫曼主演的《危機總動員》(Outbreak，這個字通常可以用在疾病爆發的形容上，英文片名取這個名字相當貼切)，裡面敘述美軍多年前在非洲開發的細菌武器反撲本土，造成極大的恐慌，電影本身相當賣座，也讓許多人對於其中所敘述的「依波拉」病毒(Ebola，電影中並未明指) 感到好奇。大多數的書迷都知道，這部電影的藍本之一，是普里斯頓(Richard Preston)撰寫的一本名爲《The Hot Zone》的報導文學，裡面敘述了西元1989年「依波拉」病毒意外入侵華盛頓特區附近小鎮，所造成的一場恐怖災難，書中對於整個意外事件有非常詳細的介紹和鋪陳，在國外暢銷一時。但《危機總動員》也有出版自己的第二種劇本改編小說，所以不少不知情的人都錯過了第一本作品。

在這三種小說之間，我個人會建議先從第二種開始，因爲它的難度最低，長度也會比較短。如果您對於書籍的內容要求很高，第一種會是最好的選擇。至於第三者，可能是等到時間比較多的時候再來考慮吧！

試著「猜測」或「略過」

一般人可能會覺得看原文小說最困難，但其實執行過程和注意事項在這裡占的篇幅可能還最小，因爲我覺得它的應用難度其實相當低。關鍵只有一個字，就是「猜」。看原文小說最大的障礙就是一頁中會有不少生字，經常會打斷看小說劇情的思路，如果小說本身又出現了劇情比較不緊湊的片段，可能更會出大問題。所以，我的建議比較奇怪，就是忽略那些不影響劇情的生字。如果有時間，當然可以把每一頁的所有生字都查出來，但如果時間不多，這樣的方法很適合初學者。原因很簡單，畢竟大多數的小說會花費很多的篇幅在「描述」和「形容」上，正如同各位看武俠小說時一樣，爲了要描述各種各樣的視覺效果，有的時候作者被迫用許多艱深、不常見的字彙來鋪陳整個氣氛，希望能夠營造出適切的氣氛來。但是，如果用非常冷酷的邏輯來看，這些氣氛鋪陳的部分其實並不是絕對必要的。既然不絕對必要，不妨假裝你懂那些字，把它看過去就好了。

這點在許多奇幻小說中尤其會發生，因爲自托爾金以降，幾乎每個作者都希望能夠創造出一個栩栩如生的架空世

界，因此會引用各種各樣難以發音、字數又多的地名、人名，甚至還包括各種怪里怪氣的語言，但是，這本來就是讀者不應該理解的！於是，從奇幻小說中得到的經驗，讓我開始應用在許多其它種類的小說中。一旦開始之後，你會驚訝地發現這樣的作法並不會影響到你瞭解小說的主要劇情！

當然，對於剛入門、沒信心的讀者來說，一開始還是必須用一張紙整理出所遇到的生字。很遺憾地，在這個階段通常你會挫折地發現自己竟然不認識這麼多字。不過，或許大家不相信，我當年爲了偷懶，根本從來沒整理過任何生字，甚至也極少查字典，通常我是讓多次重複出現的生字自然而然地出現確定的意義，因爲劇情演變本來就有其固定的模式，所以可以用推理或用猜的方式來斷定這樣的字到底是什麼意思。我只有在一直遇到同樣的字，但又不能確定它的意義時才會去查字典。

另外，一本書本文的前10頁會是進入的最大障礙。許多書的前10頁都是在鋪陳故事，或是說明設定，不會有太多緊張和精采的地方。這時千萬要堅持下去，不要放棄，否則可能就永遠再也沒有機會拿起這本書了！

下面，我就用我之前翻譯過的一本小說正文的第一頁來做例子。這本小說是「龍槍」系列的第二個三部曲《龍槍傳

奇》(Time of the Twins)，作者是Margaret Weis和Tracy Hickman，中文版由第三波出版。我挑選這本書的原因一方面是它的原文難度本來就不高，另一方面則是想要模擬在沒看過前作時插入某個系列直接開始看會遇到的難度，如果連這樣的門檻都能跨越，那應該就不會遇到太大的問題了。

閱讀〈The Meeting〉

A lone figure trod softly toward the distant light. Walking unheard, his footfalls were sucked into the vast darkness all around him. Bertrem indulged in a rare flight of fancy as he glanced at the seemingly endless rows of books and scrolls that were part of the Chronicles of Astinus and detailed the history of this world, the history of Krynn.

"It's like being sucked into time," he thought, sighing as he glanced at the still, silent rows. He wished, briefly, that he were being sucked away somewhere, so that he did not have to face the difficult task ahead of him.

"All the knowledge of the world is in these books," he said to himself wistfully. "And I've never found one

thing to help make the intrusion upon their author any easier."

Bertrem came to a halt outside the door to summon his courage. His flowing Aesthetic's robes settled themselves about him, falling into correct and orderly folds. His stomach, however, refused to follow the robes' example and lurched about wildly. Bertrem ran his hand across his scalp, a nervous gesture left over from a younger age, before his chosen profession had cost him his hair.

What was bothering him? He wondered bleakly other than going in to see the Master, of course, something he had not done since... since... He shuddered. Yes, since the young mage had nearly died upon their doorstep during the last war. War...change,

that was what it was. Like his robes, the world had finally seemed to settle around him, but he felt change coming once again, just as he had felt it two years ago.

He wished he could stop it...

Bertrem sighed. "I'm certainly not going to stop anything by standing out here in the darkness," he muttered. He felt uncomfortable anyway, as though surrounded by ghosts. A bright light shone from under the door, beaming out into the hallway.

我們就一段一段來細整個看小說的流程吧！我想這本書的讀者應該就和我第一次看這本書一樣，大概是高三左右的英文水準。這個標題應該認識：「會面」或是「會議」。第一段的trod這個字不認識，但看起來很簡單，應該很容易記住，它是碎步的意思。第三句的難度來了，是個有點倒裝的句子，後面還拖著一堆子句，所以應該先從後面開始看起。Chronicles of Astinus看起來應該是個專有名詞，懶得查，假裝認識就好，後面的Krynn也假裝認識，粗淺地可以猜出這段意思是Chronicles of Astinus好像就是Krynn的歷史。indulge這個字以高三生的水準不會認識，但看一下前後文，它並沒有關鍵的意義，所以也可以跳過去（實際上，此字爲「縱容」之意）。flight of fancy這個詞反而很關鍵，因爲不懂的話就不會知道Bertrem這個傢伙在幹嘛。Flight第一個意思就是飛行，不過，雖然這是奇幻小說，但隨便一個人就會飛的可能性還是不高，所以我們只好一路往字典的後面看……有個疾行的意思，是說這個傢伙在跑嗎？不對，前面就說了trod是碎步，這樣不對，和後面的fancy想像力也兜不起來。啊！既然是想像力，那麼flight of fancy就可以當作「想像力的奔馳」！沒錯，既然前面還加了個rare，就代表這傢伙平常很少這樣做。

第二段幾乎都認識，就算不認識也可以從前面「想像力的奔馳」來推測出這個人在看著眼前一列列的書在作白日夢。第三段第一個不認識的字是wistfully，但是看樣子應該是說他在想事情的時候是怎麼樣子的，不查字典也沒關係(事實上，這個字可以翻作若有所思的，或是智慧的，對看懂內文的確沒影響)。一直看到最後一句，這些東西都不能讓你更容易明白intrusion。Intrusion這個字看來不認識不行，一查之下，是干擾或是闖入的意思，這樣就是說他很擔心等下要去打攪這些書的作者。

下一段，Bertrem站在門口summon his courage。初看可能不懂這是什麼意思，查了一下字典，前者是召喚，後者是勇氣，直接加在一起就是「鼓起勇氣」，嗯，簡單！對照前面一段和這裡的一些描述，雖然不是百分之百每個字都認識，但可以感覺出來他很緊張，所以拉衣服、摸頭，都是可以合理推斷出來的。Aesthetic這個字一定不認識，但是看來不重要，也不影響讀懂小說，所以暫時不用查。

下一段也沒什麼生字，只有since...since...的用法似乎以前沒看過。仔細想一想，就可以明白這是欲言又止的樣子。wondered bleakly，前面那個字是思索的意思，後面那個字看來又是形容詞，不重要，前後判斷起來代表這個傢

伙可能在回想，或是不太願意提起那段記憶（所以bleakly搞不好是不願意的意思，後來查一下字典可以當作鬱鬱寡歡的意思，看來猜得相差不遠），那是什麼記憶呢？上次戰爭時一個年輕mage幾乎死在門口的台階上。Mage字很短，看來又會常常出現，查一下字典發現是魔術師的意思，不過由於我有常在玩角色扮演遊戲，所以知道通常會稱作法師。這段就是這個傢伙在回憶以前發生的事情，有點自言自語的味道。再下一段，唯一有可能不認識的只有ghosts這個字，查了一下是代表鬼魂的意思。不過，其實不認識這個字也不會影響到主要的劇情進行。好啦，這樣一整頁就看完了。

仔細回顧一下前面的流程，查字典的動作只發生了6次，其餘的6次可能需要查字典的動作都被推測和猜的動作所取代了；中間有3次則是利用前後文意來推測看不太懂的字究竟是什麼意思。這樣一來，結合了邏輯、猜和字典的使用，把一頁英文小說看完的時間縮減到了10分鐘到20分鐘。而且，隨著頁數越看越多，您可以知道Bertrem是一個圖書館員，Astinus是館長，Krynn是這個大陸的名字，這樣又可省掉更多的時間。換句話說，每翻開一頁，雖然可能會遇到更多的生字，但相對的，也會有更多的字重複出現。而且，說實話，誰沒有好奇心？讀者都想知道這個叫

Bertrem的傢伙半夜戰戰兢兢地來找這個Astinus要幹嘛，忍不住好奇心的狀態下就會一頁頁看下去；再加上這樣的閱讀法其實不需要把每一頁的所有生字都查出來，只有會影響到的關鍵生字才需要查字典，久而久之，看每一頁的速度和負擔減輕，讀者也就越來越願意繼續看下去。

慢慢地，打開這本原文小說的讀者就在沒有什麼負擔的狀況下看完了數十頁的小說，或許沒有學到超級多的生字，但整個文字的運用和句法已經慢慢地深入腦海中。在接下來的幾十頁中，由於已經熟悉了許多的專有名詞，甚至是瞭解了每個人物之間的關係（因此推測起劇情來就會更簡單），也更適應了作者的獨特語法，依照這樣的狀況推衍下去，所遇到的門檻會越來越低，障礙會越來越少。過不了多久就看完了系列的第一本書，同時也會想要繼續看下去，就這樣，一本精采的書可以靠著劇情吸引讀者不停地深入，直到把內容完全搞懂，甚至，在看完了這一系列之後，讀者還會想要再去看前面一個系列，或是風格類似的小說。這樣的吸引力並不限於任何一種類型的小說，而是只要內容夠精采，任何一本都可以如法炮製。照著去做吧！就算沒辦法順便增加英文能力，至少也看了一本好小說！

最後，我寫這些內容的目的其實只是覺得語言這種東西

本來就不是爲了考試而生的。所有的語言都是爲了生活而誕生，而生活中最令人享受的就是娛樂。許多人捨棄了快快樂樂增進語言能力的機會，而非要用艱苦的、磨練的方法來鍛鍊自己的語言能力，這在我的眼中看來實在不可思議。如果有機會，如果有可能，請一起來玩玩看！老話一句，就算沒有辦法大幅提升英文能力，至少電動玩到、漫畫看到、小說讀到，這樣不也是很爽嗎？

附錄

之前在電玩篇所提到的「叛變克朗多」原文套書的英文版資料，各位要去訂書可以參考這個資料喔！

Magician：The Author's Preferred Edition（合訂本）
精裝　ISBN：0-385-42630-5　美金22元

Magician：Apprentice
平裝　ISBN：0-553-26760-4　美金4.95元

Magician：Master
平裝　ISBN：0-553-26761-2　美金4.95元

Silverthorn
平裝　ISBN：0-553-27054-0　美金5.5元
精裝　ISBN：0-385-19210-X　美金22元

A Darkness at Sethanon
精裝　ISBN：0-385-19215-0　美金22元

A Darkness at Sethanon
平裝　ISBN：0-553-26328-5　美金5.99元

Riftwar Legacy 系列

(下面以前作中主角之後代爲主題的小說皆被稱爲「裂隙之戰傳奇系列」)

Prince of the Blood

平裝　ISBN：0-553-28524-6　美金5.5元

The King's Buccaneer

精裝　ISBN：0-385-23625-5　美金20元

「蛇人之戰四書」(Serpentwar Saga)

Shadow of a Dark Queen

平裝　Avon出版　ISBN: 0380720868　美金6.99元

Rise of a Merchant Prince

平裝　Avon出版　ISBN: 0380720876　美金6.99元

Rage of a Demon King

平裝　Avon出版　ISBN: 0380720884　美金6.99元

Shard of a Broken Crown

精裝　AVON出版　ISBN: 0380973995　美金24元